刑警阿克瑟說：「每個案子死一個人就夠我們忙的了，不能死再多！不然我會尖叫。」

愛的連鎖殺意

鄭華娟——著

目次

人物關係圖

（請在閱讀本書時，依故事的脈絡填入角色的名字，一起跟著主角推理解謎！）

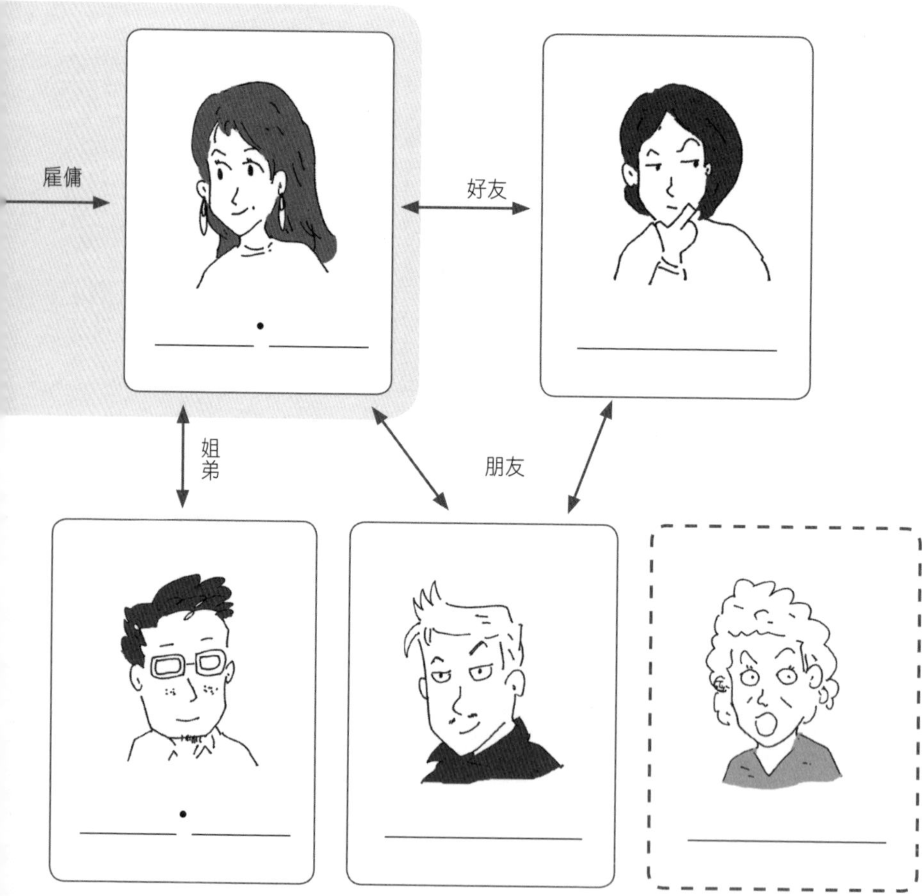

（解答見第167頁）

初戀
夫婦
養女
同鄉

第一章

瑜伽班的海蒂

我曾寫過一位德國女士的故事。

對於好奇心旺盛的我而言，追蹤這位女士的人生故事，要比尋找老屋中的物品更為有趣。所以當我越深入某位熟悉之人的過往人生後，我就越感到與他之間間隔著巨大的陌生。或許，我們自以為很了解的人，竟往往是我們很少花時間去真正探詢過的對象。這是否就是人生中，最難理解的事呢？

越熟悉，就越陌生，我認為這絕對是一個真理。

尤其這人還是長期跟你相處的對象時，頹喪感就更深了。還有可怕的是，那些來自熟悉者的陌生，好像是因為你的存在而產生的。即使你什麼都沒做，卻要被熟悉者歸罪是因為你，才有這些事情的發生。而且，你也沒有機會能道出自己的委屈。委屈？你甚至連委屈的內容也說不出，你不才是受害者嗎？怎麼卻變成了被歸罪的對象？

沒錯，這來自熟悉者的可怕陌生，有時是以完美欺騙的形態呈現，有時是有意讓你以不期然發現的形態呈現。只是，不論是欺騙或不期然的被發現，你都會感到傷心，懷疑起過往的情誼是否真實存在。

▲▲▲

這個故事的女主角已經沒有機會傷心，重點是她從未感到委屈。她根本不曾思考如我上述所說的那些，也根本沒有把精神花在這些思考上。而且，她可能是我看過最令人愉悅的女孩了。她的家庭是這樣的：

她出生於德國一個純樸的農莊，父親是位農夫。她中學時最大的娛樂便是到鎮上的小迪斯可舞廳跳舞，不過，從未晚於十一點回家。她與父母感情融洽，他們希望她可以考上商業職業學校，得到一紙商業會計證書文憑，這樣農莊就可以交由她來繼承。她也如願念了商校，沒有兄弟姐妹的她，是父母的依靠，也是家業的後繼經營者。

農莊經營是很繁瑣的事：買種子、買工具、更新農法、收成，遵守該州堆如山高複雜的農業法規、照顧牲口、僱用農田季節收成時的工人；造屋、設計合乎法令的農舍、倉庫的規格、農會的規章、農產品的規範；做帳、繳稅、營利、負債、年度規畫……讓她的青春，就在這許許多多的經營事務中度過。

當然，父母沒忘了給這位家業繼承人找個女婿。

小鎮上迪斯可酒吧中的男孩們，大概都配不上她。比如說弗雷迪，他父親是個釀私酒被逮到後入獄破產的農人，所以即使她認為自己和弗雷迪聊得來，而且他課業成績不錯，對政治有興趣且天天做著要去柏林從政的夢，父母還是勸戒她，弗雷迪並非理想的人選。因為弗雷迪早晚要離開家鄉，那麼女孩繼承的家業該怎麼辦？弗雷迪就這麼慢慢的被女孩疏遠了。

還有另一個叫約阿信的男孩，是個極愛到教堂當輔祭的年輕人（天主教儀式中輔助彌撒進行，身著白袍的小孩或年輕人），她喜歡約阿信的眼神，多情又深刻，但有個小問題，就是每次約阿信在小酒吧多喝了兩杯後，就會跟她哭訴心中的不滿，而且緊抱著她不放，因而遭到整個酒吧的人側目，這讓她對約阿信的心理狀態非常擔憂，畢竟她的父母都是生活規律，對於酒精很節制的人，若與約阿信結為連理，他能不能與她共同承受經營農場的諸多壓力？幸好最後約阿信隨父母搬家到別的邦州，女孩也就漸漸把他淡忘了。

然後有一天，農莊來了位讓她真正動心的男孩！她甚至不惜告訴父母，如果這個男孩要娶她，她願意放棄繼承隨他而去。

她的父母這次倒出奇的沒有太反對。因為這位叫理察的男孩，是研讀農業的大學研究生，論文寫的是農場經營管理。理察的父親是任教於醫學院的教授，母親則是歷史學者。

那年夏天，理察到她家的農莊來做論文相關的田野調查，來自大城市的理察，氣質與談吐當然與鎮上的男孩們不同，他讓女孩看見了小鎮以外的世界。

理察生於倫敦，父母在倫敦大學任教時懷了他，到了五歲才回到德國。他對於德國傳統農業興趣濃厚，博士論文的主題，是關於德國各地農場的世代經營技巧和現代管理衝突解決方法的研究。

理察告訴女孩，英國鄉下與德國農人生活的不同之處，也說了許多他在義大利托斯卡尼度假的趣事給女孩聽，她最愛聽理察說去法國鄉下摘釀酒葡萄打工的經歷。理察也愛和她跑到農場堆乾稻草的倉庫裡，躺著唸聖修伯里《小王子》的故事，他富於幻想的朗讀，讓女孩簡直心醉神迷了。

因為女孩從沒出過遠門，對於這些國外的事，即使只是鄰國的異國風情，在她耳裡聽來都是如此的新鮮。她的心突然感到需要海闊天空的翱翔，她臣服於理察的見多識廣，更愛他聰明的內涵。還有他的多禮柔情，都深深的俘虜了她的心，就算跟理察到天涯海角，她都願意……

二十來歲少女的夢，就像電視臺播放的愛情連續劇，總會在劇情進行到高潮時停格下集待續。理察的不告而別，就是女孩的這個時刻。她心碎，卻只能無奈嘆息。

她唯一能說服自己不要難過的理由，就是理察本來就是從農莊外廣大的天空而來，也一定會回到那個熟悉寬廣的世界去。更何況，理察從未對她許下任何承諾。

她只收到理察一封手寫的道別信，上頭僅是語氣淡淡的隻字片語，他表示得回到大學去完成論文。雖然理察明白兩人的世界因為農業而有了交集，但是一個是研究派，一個是實務經營派，兩人的生活形態到底在本質上，還是完全沒有交會的可能。

女孩兒的初戀情懷，就在秋季農莊的蘋果樹結滿果實之前，悄悄的結束了。

她的心在經過這次的打擊後，變得更務實了。了解到父母和農莊，才是她的生命最重心，她專心的念完商業大學，生命和生活，都在一年四季規律的農忙中度過……

⅄ ⅄ ⅄

「我才不相信咧！這些都是妳家老闆娘的個人私事嗎？妳怎麼知道得那麼清楚？」我大叫。

跟我講這些事的是海蒂。

海蒂在德國一家很大的麵包中央工廠上班，隸屬出貨業務部門。我們已經認識好幾年了，是瑜伽班的同學。不知為何，海蒂與我簡直一見如故，我們每次見面都超開心，可以聊到海枯石爛。我猜也可能因為海蒂個性隨和，容易讓人卸下心防，所以連她總公司的老闆娘，也跟她成了好朋友。

「我以為德國人很注重隱私耶！為何你們老闆娘會跟妳講她的初戀史？」我還是相當不解。

「我喜歡聽浪漫的故事呀！我家老闆娘剛好有自己的可以講，她愛回憶，我愛聽，剛好聊天也比較有話題嘛。」海蒂邊換瑜伽運動衣邊說。

海蒂會來上瑜伽課，是因為她說坐辦公桌的工作讓她肩膀頸子酸痛，剛好瑜伽課可以向公司申請員工保險，她就每星期三下班來活動活動筋骨。至於我則是因為其他運動我全都不愛，來瑜伽班一週運動一次，看有沒有辦法消消因為懶得動而漸粗的水桶腰。

海蒂和我都上初級班，報名後第一堂課被分到同一班。

第一次見海蒂時，她的頭髮是染成紅黃綠三色。她幽默的說，這是開髮廊的朋友要她試試新髮色，她可不是新納粹成員，別誤會啊！這種自我介紹真是笑壞我了。自此我們就成了聊天好友，弄得瑜伽老師總是要我們專心上課，不要老是兩個人講個沒完。

為了能好好聊天，我們每星期下了課都會一起去啤酒屋吃簡單的晚餐，再繼續八卦一會兒才回家。

瑜伽教室附近的小啤酒屋，就成了我們每週三固定聊八卦的地方。

「我的名字叫海蒂，我家老闆娘總愛開玩笑的說，因為她第一次交往的對象叫弗雷迪，所以每次唸到我的名字尾音時就會想到他。還好沒嫁那個後來成了政客的弗雷迪，我父母也認識那個人，不瞞妳說，他已經離過三次婚，問題多多。」海蒂甩甩她新染的時髦銀髮，邊說還邊挑挑她那有點搞笑又描了粗粗眼線的眼睛。

「哈！那還真是個小鎮，誰也別想騙誰，德國農村的八卦壓力也挺大的。」

「妳也是這小鎮土生土長的『土著』？」我問。

「哈哈哈哈！我三代阿公阿嬤都是這裡的『土著』啦！當地的事問我們最清楚了，聽說我阿嬤是鄰居眼中的八卦皇后呢！小鎮上所有的事，都別想逃過我阿嬤的閒話圈，傳得可快啦！」海蒂大笑說。

海蒂的全名其實應該叫做：「海德薇格」，只是她超討厭這個很古老的德文名字。這名字在西元九世紀就有了，有「光明磊落」或是「擅於征戰」的雙重意思，所以古時候皇室都很愛為女兒取這個名字，因而帶點皇室的風格。可是海蒂說她小時候看到很多老阿嬤都叫海德薇格，讓她心裡有陰影，有種未老先衰的感覺！於是她請朋友全都叫她此名的短稱「海蒂」，除非必要，絕不提自己的本名。

我倒認為海德薇格這名字的原意很適合海蒂。她真的是個一開口就讓人覺得愉快的人，就連講八卦都有種光明磊落的錯覺。彷彿你聽到的不是八卦，而是當事人願意被曝光的故事，一點也不讓人感到隱晦或是難堪，真的很奇特！我猜這種天生的八卦能力，一定是遺傳自她以八卦稱霸小鎮的阿嬤吧？

不過海蒂雖然表面上看來很陽光，沒什麼心事，卻也曾為了八卦跟阿嬤大吵過一架。起因是阿嬤把她失戀的事告訴鄰居，使得整個小鎮的人看到海蒂就顯現出一臉同情。還好經過海蒂嚴正的抗議，阿嬤才對散播孫女的私事收斂了一點。當然海蒂再也不跟阿嬤分享自己感情上的事情，以免阿嬤又拿去當成街坊間聊天的話題。阿嬤在不久前過世了，在這之前，海蒂照料中風不良於行的阿嬤不遺餘力，減輕了父母不少的照護壓力，這點讓我非常佩服，她是個善良又對家人溫柔的人。

「老闆娘不介意妳把她的戀情說出來嗎？妳都不喜歡阿嬤提到妳的戀情了……」我好奇的問了。（我本來是想說海蒂跟阿嬤不相上下，說別人的私事既傳神又好聽，可是終究還是把話吞了回去。我其實也挺愛聽八卦的，但如果這麼數落海蒂，她一火大，我不就沒八卦可聽了？）

「這妳就不懂了。老闆娘後來經由家族介紹，認識了現在的老公。她父母超級滿意，她自己也非常得意。老闆對老闆娘也是一見鍾情，這真是天底下最好的愛情結局呀！所以，老板娘對我們這些同鄉同里的『土著』鄉民也沒啥好隱瞞。而且她總是會不時的放閃，說她有多幸運可以遇見這樣的老公啊。」海蒂一口氣對我解釋完畢。

原來如此。雖然不認識這家德國大麵包廠的任何人，但是經過海蒂的口述八卦家族史的薰陶，我對這家人的故事也是略知一二了。

海蒂也常跟我說她們公司又增加了哪些連鎖麵包店，她又增加了哪些工作。就這麼每週聽一次，我漸漸知道了這家規模很大的麵包工廠是如何越做越大的。

原來，我們前面提到的那個農莊女孩（就是現在海蒂的老闆娘），在與理察分手之後，便專心把農場經營得很上軌道。她家種植的小麥品質相當優良，持續供給一家麵粉工廠做原料。鄰城有個家族經營的麵包店，因為第三代經營有成，把小麵包店擴充成數十家連鎖店的規模，在一次拜訪麵粉工廠的行程中，正好遇見麵包店的年輕長孫也來拜訪，兩人一見鍾情。加上麵粉工廠的老闆與她父母有親戚關係，也積極促成，便把這樁喜事辦妥了。

農莊女孩嫁給了麵包廠的繼承人。這是樁喜事，對兩家生意上來說也是件好事。女孩農場種出的小麥都製成了麵粉，提供麵包店烘焙麵包。兩相結合的結果，便是極高的市場利潤和占有率，為兩家人帶來了不少收益。於是，麵包店就在二十年間發展成一個很大的連鎖麵包工廠。因為獲利豐厚，更相繼併購了更多城市的老麵包店，擴大中央工廠的規模。女孩的農場也成為德國有名的有機農業現代農莊，轉投資休閒娛樂農場事業。

這兩位情投意合而結連理的夫妻有兩個兒子。這兩位小小繼承人一出生便得天獨厚，注定接掌兩個成功家族的事業。

聽得我好羨慕！我怎麼都沒有遇見這種如意郎君或是麵包帥哥呀？我頂多只能把錢包裡的銅板拿來買各種德國麵包而已。

「大兒子讀企管系，小兒子正在準備Abitur（德國高中生進大學前的會考）。兩個兒子都風度翩翩，我真期待他們未來的結婚喜宴！」海蒂為老闆一家人的美好而高興。

然而，常為別人的美好而讚嘆的海蒂最近卻失戀了。我認為她總是對情人太過寬宏大量，幾任情人中，有借錢不還失聯的，也有借住她市區小公寓卻跟鄰居吵架跑掉的。還有一個更離譜，騙海蒂是單身，直到有天她在另一個城市出差時巧遇這個情人，而且同時親眼看見這個自稱單身的傢伙的「一家人」，從老婆到稚齡兒女，全都在側！海蒂差點沒氣瘋。

於是她宣布暫時對愛情這種累人的事情敬謝不敏，先把自己的頸肩酸痛治好再說。

還好老闆娘懂海蒂的心情。海蒂把老闆娘當成了知己，老闆娘也把海蒂當成家人看待。

「老闆娘可能是特意要讓我保持忙碌吧，我下個月要去許多家連鎖店出差。老闆娘要我看看各家店的情況，和負責人們聊聊，聽聽總公司還有什麼改進的空間。」海蒂喝了一口啤酒。

「那瑜伽課怎麼辦？」我問。

「我剛剛已經和老師討論了。下個月初我會先搭火車去拜訪北德最大的一家麵包店，再繼續到附近城市的連鎖店查訪，所以可能會缺席三堂課。老師說可以補課，要我選時間。我今天剛到教室就選好了補課的時間，也簽名登記了。」海蒂邊說邊吃著她點的巴伐利亞白香腸。

因為海蒂，我才知道德國多數的小麥是冬小麥，也就是冬天才會收成的小麥。因此老闆娘家裡農忙的時間是冬季，等到收成的麥穗送到麵粉廠後，小麥農就可以有短暫的休息，等待四月的春暖花開。

「我們老闆娘的厲害就在於她有農莊經驗，善於計算，對品質要求也很高。所以產出的麵粉真的是超優質，我跟妳說，好麵粉對烘焙麵包是非常重要的。我的工作就是計算這些麵粉可以做出多少麵包，如果麵粉量夠大，那我們就得多開連鎖店自己賺才行啊……」海蒂講起工作時倒是頭腦清晰，比談感情清楚多了。

「如果連鎖店太多，麵粉不夠，麥子欠收怎麼辦？」我傻傻的問。

「我們公司收購了很多麥田，投資農地的面積才能拉高收成，收穫更多麥子，賣更多麵包呀！另外也有進口的麵粉應急，所以不用擔心，沒問題……」海蒂吃了一口搭配香腸的黑麵包，皺了皺眉，「這麵粉，應該是從國外進口的……」

我們約好在海蒂出差前最後一堂的瑜伽課之後，去餐廳吃頓飯。小鎮上那間新開的義大利餐廳，我們非常有興趣試試。

沒想到，星期二晚上在我上床睡覺前，發現手機裡有一則簡訊，是海蒂傳來的：

「天啊！悲劇……」

我心裡一驚！開始亂猜：「是愛鬧事的男友回來找她？騷擾她？還是她期待的借錢不還男回來還她錢？（那應該高興才對吧？）或是欺騙她單身的爛男友離婚了？（那

這就真是悲劇了……）」

我趕緊看了簡訊內容：「天啊！悲劇！我們老闆娘今天下午突然死了。我好傷心，明天就不見面了。」

哇！這也太離奇了！我雖然不認識海蒂的老闆娘，但從閒聊中知道她常運動，帆船、騎馬、打高爾夫，樣樣精通，而且沒聽說過有任何疾病啊？我這星期經過她們連鎖麵包店時，還看見她們為了歡迎來到德國的難民，舉辦了難民營中的小朋友參觀麵包廠的活動。地方報紙上也報導了這個慈善活動，不同膚色的小朋友在一起揉麵烘焙小餅乾的快樂笑臉，看起來很歡樂，其中有張照片是金髮的麵包店老闆娘，在一個巨大的黑麥麵包模型中，和一位扮演小蜜蜂採花粉的難民小朋友合照。

當時我看著照片，還想起了老闆娘的戀情故事，再看看那閃亮的笑容，不禁羨慕起她如此美麗的人生。

我迅速給海蒂回了電話。海蒂哭著說話，可能因為太傷心的緣故，沉默的時候居多，她只說明早上火車前，可以和我在她們店裡的麵包店吃個早餐。

⋏⋏⋏

一早七點，我準時到了麵包店等海蒂。

「啊！起晚了！」她傳了一則簡訊給我。

約莫一刻鐘後，海蒂拖著小行李箱跑進麵包店。

海蒂看來非常疲憊，她要我跟她一起坐在店外的位置。雖然已近四月，早晨的氣溫還是很低，我們點了熱可可和牛角麵包，我縮著脖子搓著手，喝了一口熱可可。

「到底怎麼發生的？」我問。我很驚訝海蒂今天話特別少。

「老闆娘昨天早上……」海蒂點了一支菸。

「妳抽菸？」我不知道海蒂有抽菸的習慣，看著吞雲吐霧的海蒂，我突然感到好陌生。

「戒了很久很久，上星期有些事讓我又把菸癮找回來了……」海蒂緩緩的說。

「過去的一星期，很複雜。我現在很亂……」

我覺得海蒂一定是因為老闆娘突然撒手人寰而心情不好。

「妳這樣還能出差？不請假嗎？」我問。

「我留下可以改變什麼嗎？」海蒂吐了一口雲霧。

我保持沉默，並發現我似乎不認識眼前這位染了銀髮、穿著時尚、面容美麗卻疲憊且吞雲吐霧的女生。（說實話，我也只看過海蒂穿著瑜伽運動緊身衣的樣子，這種正式的辦公室淑女打扮我從沒見過。）

「她昨天在辦公室裡因心臟停止跳動而陷入昏迷，我們叫救護車也來不及了。」

海蒂平靜的說，她又挑挑畫了粗眼線的眉和眼。

「你們老闆一定很難過吧？」我直覺想到了老闆娘的先生。

海蒂把菸頭丟在地上踩了踩，眼神直怔怔的望了望遠方。

她搖了搖頭，什麼都沒說。過了會兒，她說該去趕車了，這次出差會提早回來，因為大約兩週後是老闆娘的葬禮，一定要趕回來參加。

我覺得這太奇怪了，海蒂不該這麼脆弱吧？而且完全像變了個人似的？我說不出到底哪裡不對勁，我們相擁道別後，她預約的計程車已經來了，我誇張的舉起雙臂揮手大聲喊著上課時再見。海蒂從車窗裡望著我微微的笑了，但不知怎麼的，我感覺她的微笑似乎是沒有眼淚的哭泣，我目送著計程車直到在街的盡頭消失不見。

我把杯盤收進麵包店時，櫃臺員工問我是否遺失了一個紅色的提袋？她說是在洗手間找到的。我認出那是海蒂的，便拿出手機拍了張照傳給她。海蒂回覆我，把提袋留在麵包店即可，她出差回來會自己過去麵包店領。

當時我沒有想到，從此再也見不到海蒂了。

第二章　黑麵包裡的花粉公主

得知老闆娘過世消息的那天起，我就開始留意報上的訃聞（德國報紙上每日都會有一個地方訃聞版面，家屬可以付錢刊登訃聞或致謝公告）。我想麵包店老闆娘的訃聞一定是很大的版面吧？他們是地方上這麼大的家族，而且突然離世，絕對是件大事。

然而，在我找到老闆娘訃聞的前一天，卻先經歷了一個讓我心神爆炸的新聞！《德國畫報》的手機版上，有一則讓我手不停發抖的即時大頭條：

「德國北部連鎖麵包店，難民刺殺德國女子海蒂致死！」

我用力的眨眨眼睛，深怕是自己眼花看錯，於是又逐字再讀了一次新聞標題。全身像是觸電般的麻痺，我趕緊點進了新聞，內容描述非裔難民打劫一家麵包店，當時店中只有兩個客人，而海蒂因為正好站在難民的旁邊遭到刺殺，當場失去生命跡象……

讀到這我全身顫抖不已，淚水隨即奪眶而出。我在手機通訊錄中找到海蒂的號碼，立即撥打了電話。我希望是她接的電話，希望這一切是場誤會，名字和地點都是巧合。

電話響了三聲。有人接聽了！

正想鬆口氣大叫「親愛的海蒂！」時，對方卻說：

「我是警察。請問您是舒曼小姐的朋友或家人嗎？」

我的天啊！警察隨即確認了海蒂的遭遇，我再也看不到海蒂了嗎⋯⋯

⅄⅄⅄

我整整崩潰了三天。覺得自己全身輕飄飄的，不知道時間，也沒有胃口，什麼東西都吃不下。看著手機上的新聞，德國所有媒體都報導著海蒂被殺的事件。

「拒絕難民！錯誤的難民政策！梅克爾下臺！」到處有人在抗議著。

德國的排外人士，正利用海蒂被難民奪命的事件大肆宣傳。

電視新聞裡，記者訪問著街頭的抗議人士：「看看德國人的好心，換來的是什麼？這是多少案例的其中之一？梅克爾接收難民，卻要德國人民付出生命？」

抗議聲不斷的在德國各地傳出，我只要看到或聽到「海蒂」這名字在媒體上出現，就一陣心慌，腦子一片空白！怎麼也想不到自己會跟德國頭條新聞中的人有所關聯！

我這個外國人開始對周遭的任何風吹草動感到害怕，也總覺得陌生人對我報以不友善的眼光，這是我從未體驗過的恐懼經歷。在媒體洗腦之下，自己也快要深信新聞中的抗陳：「外國人是來搜刮德國社會福利的寄生蟲，德國該檢討收容難民的後果！」

然而每當冷靜下來，我知道我失去了一個朋友。雖然了解海蒂只把我當成她瑜伽班認識的普通同學，一個分享「部分」人生的熟人而已。對於海蒂「全部」的人生和生活，我的認識其實是近乎空白的。

越想著熟悉的海蒂，就越感覺她是個很陌生的人，這讓我神經緊繃。另一面腦海裡又不停跳針般的傳來：「海蒂已經從世界上消失了！海蒂就這麼消失了！海蒂就這麼消失了……」這個我完全無法相信的事實。

我也不去上瑜伽課了。因為新聞爆發後，所有的學員都不斷的追問我：「新聞上的海蒂是不是我們的同學海蒂？」我哭了。那天下課我第一個衝出教室，經過簽到簿時，我看見海蒂在本來想補課的日期上的簽名。我無法再看這個字跡，看見它會讓我崩潰！

我多麼想知道，有關這個事件更多的細節，但海蒂身旁的任何人，我一個都不認識。我連她唯一的弟弟的名字都不知道，更不要說知道住在哪裡了。除了海蒂的手機號碼，我發現自己對她一無所知。她那離異的問題父母我也不認識，也沒有聯繫的途徑。海蒂她到底葬在何處？報紙上的訃聞也沒有刊登。

海蒂就這麼消失了，一切線索就這樣斷了。

最後和她見面，那家隸屬於她公司的連鎖麵包店或許會有相關訊息？於是我起身前往那家麵包店，這是我最後的希望。

「真是令人難過啊！」麵包店的櫃臺小姐說。

「請問您知道舒曼小姐葬在何處嗎？」我問。

「我們只知道公司內部有個追悼會，其他細節則不清楚。」麵包店的櫃臺小姐說。

我突然想起海蒂遺忘在麵包店的紅色手提包。

「舒曼小姐上次留在這裡的手提包，由她弟弟領走了。」櫃臺小姐像有讀心術似的突然這麼對我說。

海蒂的弟弟？或許海蒂有把我傳給她的紅色手提包照片傳給弟弟吧？於是他就來取回了手提包。店家沒有留下海蒂弟弟的任何資訊，所以這條線索也斷了。

真可惜，沒有她弟弟的聯絡方式。但仔細想想，就算聯絡上了，除了安慰表達思念之外，又能怎樣呢？就算我認識海蒂一段時間了，但是事發之後，我卻只想得起那天清晨七點十五分之後，那個我不曾看過，感覺很陌生，抽著菸的海蒂。她冷峻的神態，感覺完全就是一個陌生人，陌生到讓我連悼念她的感覺都快要消失了。

人人人

六個月之後，海蒂被難民刺殺的事件，已經被大眾遺忘得差不多了。反對梅克爾移民政策的人或是排外黨派，又找了其他新的難民攻擊德國人事件來製造媒體喧囂。我上網看了所有和海蒂相關的新聞，發現警方對於整件事仍有很多的疑點。比如，那位難民似乎一進麵包店便怒氣沖沖衝著海蒂而來，據麵包店另一位大嬸客人的陳述（這位剛好在事發現場的大嬸，接受了不少八卦小報的報導採訪），表示海蒂並未有想要逃跑或嘗試抗拒的意圖。最讓我訝異的是，刺殺海蒂的那個人，並不是這一次梅克爾接收的難民，而是已經以難民身分來德國居住超過十年的人，他有著犯罪坐牢的前科。所以，媒體的報導跳過了這些細節，讓這變成了有心人士操弄的事件。然而誰又在乎這些誤導呢？報紙需要的是新聞，越聳動越好，有離奇的內容吸引目光就更讚了。至於新聞當事人的心情，誰會關心？

我對於海蒂在這事件中無辜的被拿來大做文章很傷感。常常試著揣摩她那天上了火車之後是什麼樣的情緒？火車到站後，她拖著小旅行箱入住旅館後又做了什麼？那天早上到那家連鎖麵包店拜訪之前是怎樣的心情？前一晚睡得好嗎？疼痛的肩膀有沒有好一點？她有做瑜伽的伸展動作緩和一下嗎？我也只有在這麼假想著海蒂生命最後幾天的細節時，才能再感受到我所認識海蒂的樣貌。我一直不清楚，也想不透，那天早上她到底因老闆娘的驟逝受到多大的打擊？又或者，我在她那抹最後如哭泣般的微笑裡，是否讀出了什麼難言之隱？

以上這些問號當然只是事後諸葛，胡亂的猜測，一點根據也沒有。

我留下了報上麵包公司老闆娘絲爾克・瓦多夫（直到此時才知道老闆娘的名字）的訃聞，也在地方的免費廣告報上，看到了麵包公司老闆所提供葬禮舉行時的照片。照片上有許多穿著光鮮亮麗前來追悼的賓客，那位曾在黑麵包模型中扮小蜜蜂的花粉小姑娘也在照片中。

受到老闆娘照顧學習烘焙麵包的難民也組成了追思隊伍，對老闆娘的善心慈愛表達感謝之意。

公開的葬禮照片的報導標題寫著：

「愛，是最美的禮物。感謝及思念有愛永不止息的心，我們永遠想念妳。──約瑟夫．瓦多夫（麵包公司老闆的名字）」

仔細端詳照片中的老闆（難得見到麵包公司老闆是瘦瘦高高的），面容平靜的與兩個兒子站在墓地前悼念者的第一排。老闆面無表情，臉好像是僵住的雕像，看不出來他是悲傷或是失落。

我帶著這份有照片的全版訃聞報導，找了一天晚上，去那家和海蒂常去的小啤酒屋，坐在每星期三固定坐的位置，把訃聞對著對座小聲的唸了一遍，假裝海蒂就坐在我對面聽著一樣。記得她說會回來參加老闆娘的葬禮，我誠心希望海蒂與老闆娘現今已在宇宙中的哪個空間中再度重逢，我用這個方式，追悼了這位看來很熟卻又陌生的朋友。

就在我以為關於海蒂的故事已經結束時，接到了一通陌生人的來電。

「請問您是H小姐嗎？」

「我是，您是？」

「這裡是德國聯邦警察，我們正在調查絲爾克．瓦多夫的案件。」

「我可以幫什麼忙？為何找我？我完全不認識這位瓦多夫太太……」對這突如其來德國聯邦警察的電話，我感到有些害怕。

「您不用緊張，我們從舒曼小姐手機的電話簿中找到您，想請教您一些問題，請在約定的時間前往居住地的警察局報到即可。」

真令人摸不著頭緒！為何在六個月後，警方重啟調查海蒂的案件？不是已經確定為難民打劫搶麵包店所犯下的罪行而結案了嗎？我完全想不透……依約前往指定的附近警察局，核對過身分後，警察先生開始問我問題：

「您好。我們只是對舒曼小姐生前所有的聯絡人進行訪談，您完全不用擔心，只需簡單的回答一些問題就可以了。」年輕的警察先生客氣的對我說。

「是有什麼特殊的問題嗎？我是說……關於舒曼小姐的過世，還有疑問嗎？瓦多夫太太不是因為心臟病而過世的嗎？跟海蒂又有什麼關聯？」我好奇又迷惑的想知道多一點細節。

年輕金髮警察聳聳肩，「我也不清楚，因為收到北德同事傳來的案件協助處理通知，對於其他細節不是很了解，更無可奉告，只能感謝您的合作。」

我只能安靜的等著被提問。

「您與海蒂的關係是？」「怎麼認識的？」「在案發前有見過面嗎？」「最後一次通電話的原因為何？」「見面時她有任何異於平常的行為表現嗎？」

我逐一回答了。

「您傳了一則簡訊給舒曼小姐，有一張照片。請問這是您本人傳的嗎？」警察遞給我看了一張列印出來的照片，正是我拍的紅色手提包。

「是的。她將手提包遺忘在我們一起吃早餐的麵包店，我傳了這張照片告知她。」

「那麼您知道手提包裡裝什麼嗎？」警察把我的回答逐字鍵入電腦。

「沒有。我不知道內容，手提包後來由她弟弟領走了。」我說。

「她弟弟？您跟她弟弟很熟嗎？」警察先生突然這麼問，似乎我說了什麼讓他提高警覺的話。

「不認識。」我這時才意識到我不該說她弟弟的事，但是太遲了。

「那您是如何得知手提包是由她弟弟領走的？」警察停下了打字的手回問我。

於是我將到麵包店打聽海蒂消息的事告訴了警察，並詳述了日期時間，包括是哪位店員跟我說的。

「沒問題了，好……我問完了。」警察把問卷列印了出來。

「請您看看是否有誤？如果正確，煩請在這裡簽名。」警察先生用筆指著簽名欄。

我讀了一遍內容，記錄得很確實，於是就簽了名。

當我遞還問卷時，年輕警察對我咧嘴笑了笑，然後說：「妳還沒認出我？」

再仔細看看這位警察，剛才可能太緊張沒認出，定睛一瞧，「哇！是阿克瑟！」我尖叫著。

「哈哈！剛剛我還以為妳會想起來。」阿克瑟笑著說。

阿克瑟是在農夫市集中，每次都會幫阿嬤擺攤賣菜的年輕人。我一直以為他就是農夫，原來正職是警察。

「那是我阿公和阿嬤的農場，我有時會去幫忙啦！」他笑著說。

「這樣我就不緊張了，不然被叫到警察局真是嚇死人了。」我安撫著胸口說。

「不用擔心啦，很多這種例行性的案件調查，因為案發地點很遠，那邊的同事不可能到每個關係人的所在地查訪，就會請當地警察支援，再把問卷回傳過去就可以了。不過，海蒂的案子確實有點……」阿克瑟沒有繼續說下去。

「我爸媽也認識海蒂的雙親，真的非常傷心。星期六妳會來農夫市場買菜嗎？這星期我會去幫忙喔！」他露出陽光燦爛般的笑容問我。

但很奇怪的，我卻從阿克瑟閃爍的眼神中，感到藏著如日蝕般的幽暗。

我知道自己將要走進那片燦爛的幽暗之中，因為有更多真實的海蒂，可能在那裡等著我去發現。

⅄⅄⅄

時序進到了十月中，不少德國農家的秋收也將告一段落。許多農莊都有慶典，開放讓民眾前往共享農家樂。

我跑了幾攤，有熟識酒農的新酒品嘗會（葡萄酒開始釀時，一種介於葡萄漿和葡萄酒之間的發酵酒精氣泡飲料），有獵人朋友舉辦的野味山豬紅酒燉肉派對，還有各式大大小小的品酒會，真是熱鬧的一個月。

海蒂工作的那家大麵包公司也舉辦了公眾開放日（德國從公家機關到民間企業每年都會開放工作地點給一般民眾參觀，藉以拉近距離，製造親和形象）。瓦多夫麵包公司投資的農莊，則有參觀麵包工廠的導覽行程和戶外演唱會。因為好奇，我決定參加看看工廠的麵包是怎麼做出來的，更想知道海蒂曾經工作的地方環境如何。

公眾開放日辦得十分熱鬧。

整個麵包工廠前的大停車場，全都空出來搭了戶外活動用的白帳篷和演出用的舞台。各種由麵包工廠員工做的家庭美食，以擺攤的方式販售，而且全部都是親民的價格：

印度咖哩香腸　一歐元

煎豬排夾麵包　二歐元（配的當然是瓦多夫麵包廠的麵包）

現煮青豆加香腸濃湯　二．五歐元

純素青菜沙拉　一・五歐元

咖啡　一歐元

各種自家烘焙的德式蛋糕更是讓我每塊都想嘗一口，鄰近產區的白葡萄酒、紅葡萄酒和各種飲品全都以親民價供應！

當然瓦多夫麵包廠也自設了一個大攤位，介紹該公司各式各樣麵包：德國黑麵包、白麵包、老麵麵包（酸酵母）、法國長棍麵包、有機麵粉麵包、公平交易麵粉麵包、牛角麵包、各種穀類麵包、罌粟花子麵包、農夫麵包……琳琅滿目，目不暇給。

麵包工廠的大門上掛了一個牌子：

「今日工廠開放參觀

導覽時間：十一點整

參加者請到瓦多夫麵包攤位前登記」

我參加了導覽。從沒想過麵包工廠的麵粉攪拌機這麼巨大，而且麵包製作是這麼規格化的管理，跟我以前想像中的德國麵包坊完全是兩碼事！瓦多夫麵包中央工廠的自動化設備確實很先進，還有那些專業的麵粉筋度測量器（可以測出麵粉的品質內容，分析這批麵粉可烘焙成哪種麵包，或替新創作的麵包產品加分）絕對可以傲視同業。難怪瓦多夫可以有這麼多連鎖店，而且把麵包品質控管得這麼好。

參觀途中有經過麵包公司的辦公室，雖然不知道海蒂在哪個辦公桌工作，但導覽員說整個辦公室上星期才重新翻修過，很明顯的這裡已經沒有任何關於海蒂的痕跡了。我輕聲問導覽員知不知道海蒂葬在哪兒，但她說非常抱歉，因為是新來的，並不認識海蒂。參觀完麵包工廠，我走到戶外帳篷區，準備吃午餐。

廣場上拉丁風情爵士樂隊的戶外演出，是由瓦多夫麵包公司贊助的。主唱是一位風情萬種的黑人歌姬。她擁有健美的身材，打扮入時，年輕的臉龐五官分明。她用鮮黃色的大花巾包住頭頂，盤得高高的好似頭的延伸，只要一擺動身體，遠遠也能看見黃色頭巾隨之搖擺。她人很漂亮，歌聲也好，非常的迷人。舞臺前的海報看板有她的名字和照片：「熱情的陽光莎夏與她的樂隊」。

莎夏這時唱起了慢板的Bossa名曲：〈Quiet Night of Quiet Stars (Cocovado)〉，的確是曼妙的好歌喉呀……

聽著這首歌，不免有些感慨。

每個人或許都想找到另一個很了解自己的人。可是要找到這樣的人，必須付出很多時間去了解那個人是否真的了解你。這真是太矛盾了，如果真有人可以了解我，那又何必去尋找？只需要眼神交會就可以溝通，不是嗎？

通常，這種看似了解的陌生，或是說陌生的熟悉，都是發生在熱戀之前。情人們以為找到了解自己的人，可以被了解，讓你心中的那些傷感失落有所依靠。你也耐心的去了解另一個人，更熱情的歡迎他把心中的無依無靠，停泊在你的溫暖胸懷。

不過奇怪的是，當熱戀期一過，我們為什麼就不想去依靠那個很了解你的人了呢？是不是這時發現因為越被了解，就越危險；越親近，就越容易有磨擦。兩人關係密切之後，就進入沒有假象保護的真實生活。

原來我們那些無依無靠的心情，都是從真實生活而來的產品。而了解你弱點的人，就會把那些對你的了解都當成了武器，在有爭執相互抱怨的時候，拿出來攻擊你。

戀人，最後只剩下帶著滿是傷痕的孤寂逃亡，就像這首歌的歌詞：

「沉寂的夜裡有沉默的繁星，吉他只有無聲的和絃。愛情只是場我們一起領悟的苦澀悲傷笑話……」

「很好聽吧？」

正著迷於歌聲中的我，身後被人突然這麼一問，嚇了一跳。轉頭一看，竟是那位正職是警察，有空時來幫忙賣菜的阿克瑟。

「妳上星期沒到農夫市集買菜？」他問。

「哈哈！沒錯。因為那天有事，今天在這兒偶遇也不錯呀！」我說。

「一個人？要不要加入我們。」阿克瑟跟女友也來參加了麵包廠的公眾開放日。

我欣然加入。點了一杯香甜的新酒和一塊洋蔥蛋糕當午餐，三人邊喝邊聊。

聊天的話題從東方人愛不愛吃麵包開始，聊到德國人愛不愛吃米飯為止。

聊天中，我一直想問阿克瑟知不知道一些關於海蒂的事？可是他有著職業警察的身分，絕對不可能告訴我太多相關訊息。

但是這機會難得，而且再也沒有別人可問了，於是我忍不住還是決定開口。

「海蒂是我高中同學。」阿克瑟的女友反而先回答我。

「哇！真的？」我很驚訝。

「怎麼說呢……海蒂成長的過程很辛苦。她爸媽很早就離婚了，爸爸酗酒，媽媽有躁鬱症，她其實是阿嬤帶大的。」阿克瑟女友說的這些，是我完全不知道的海蒂。

「她阿嬤是這家麵包公司的親戚，瓦多夫太太很同情海蒂的家庭狀況，很早開始就把她帶回家照顧她，所以海蒂和瓦多夫太太真的就像母女一樣親。」阿克瑟補充說明。

我現在才明白，為什麼海蒂和老闆娘可以有這麼親密的關係。這麼聽起來，瓦多夫太太真的是很好的人。

「海蒂後來去讀商業大學，也是瓦多夫太太贊助的。她上大學之後，我們就沒聯絡了，直到她出事那天，我才又想起這位同學。」阿克瑟的女友說。

「世事總是難料。」阿克瑟望著遠方說。

「有什麼理由警方要調查瓦多夫太太？她不是過世了嗎？到底為什麼呢？」我問阿克瑟。

「這個嘛……我只能說一間這麼大公司的負責人，也就是瓦多夫太太，突然離世之後公司應該還有很多事情要釐清，或許她本身有一些訴訟方面的事，或是財產上的、遺囑上的，很多方面的事，只能慢慢等這些事情的結果出爐。」阿克瑟試著大略的跟我說明。

原來公司是登記瓦多夫太太的名字，那麼真會是個很複雜的情況。

我順著阿克瑟的眼光看去，看見瓦多夫先生擁抱著唱完歌下臺的美麗歌姬，並和她接吻，而且是舌吻！

我露出驚訝，充滿問號的表情……

「她是瓦多夫先生現在正式的女友。」阿克瑟笑著說。

「其實我們也覺得不錯啦，瓦多夫先生能有這個伴，羨煞不少人耶！」阿克瑟的女友很可愛的說，還斜眼看了看阿克瑟。

「可是，」我忍不住的說：「瓦多夫太太過世還不到七個月……」

「凡事不能只看外表，喔……其他的我什麼都沒說！」阿克瑟眨了眨眼。

阿克瑟的女友對我聳聳肩，我們都不懂阿克瑟要表達什麼？

看著瓦多夫先生攙著黑歌姬的蛇腰，朝著他的黑色跑車走去。中間經過了孩童遊樂區的黑色大麵包模型，有很多孩子在黑麵包裡玩，我又看見了扮花粉姑娘的小女生。

我突然覺得海蒂就坐在我身邊，這是一種荒謬的時空錯亂感。

這些眼前所有的人事物與我一點關係都沒有！他們的愛恨情愁、悲歡離合、新仇舊恨，我都毫無牽扯，更無須去置喙是非。可是我為什麼如此感傷？我是不是把自己當成了海蒂？海蒂如果在這裡，她見到瓦多夫先生這麼快就愛上了歌姬，會是怎樣的感覺呢？

或許，只有沉寂的繁星可以回答我的問題吧。

在灰暗的冬天開始時，本來應該為小麥收成而忙碌的瓦多夫麵包工廠，卻因為一個驚人的報紙頭條消息，而成了媒體追蹤的大話題。

我也才明白為何警方要調查瓦多夫太太的原因。

人人人

當大家都在準備過耶誕節的時候，我的心思全花在追瓦多夫麵包公司這個案件的上頭了。

我買了所有有關這個案件的報紙、八卦雜誌、狗仔小報，還上網看了各種評論。

我完全沒辦法把這件事拼湊出一個完整的畫面。儘管媒體標題聳動，我直覺的認為內情絕對不單純。

先看看到底報上出現了怎樣勁爆的消息：

德國商業經濟報：「瓦多夫麵包公司的老闆有可能是毒殺妻子的兇手！警方今天重啟調查，有可能開棺驗屍。」

德國狗仔報：「瓦多夫先生！請說實話！」搭配著跟拍瓦多夫先生狼狽被警方調查的模糊照片。

狗仔雜誌的封面：「瓦多夫的新歡：年輕黑人歌姬小姐，她到底是誰？」

這些亂七八糟的新聞內容看來很精采，但是完全沒有任何有價值的線索，還把我搞得更加迷惑。

我只想知道為什麼警方會懷疑心臟病發的瓦多夫太太是被謀殺的呢？如果真是瓦多夫先生涉案，為什麼他完全否認？頻頻喊冤？

過了幾天，報紙的新聞表示，警方持搜索票搜查了瓦多夫麵包公司的電腦和瓦多夫先生的私人家用電腦。

這些報紙上的訊息，根本無法滿足我的好奇。只有在某經濟報上的一篇報導，寫了稍微詳細些的內容：

「瓦多夫麵包公司調查案，警方掌握了更多細節。瓦多夫太太的過世，已經在檢察官要求下開棺驗屍，以確認該公司的負責人瓦多夫太太的骨骼中，是否有大量重金屬殘留，原本自然死亡的事實存疑。全案開啟調查是因為警方接獲密報，指控瓦多夫公司被查出大量使用非法進口，有農藥殘留的過期麵粉製成麵包，且不實申報製作成本和年度財報；更有資料顯示瓦多夫公司所擁有的農場經營權，已經有大部分轉讓他人，卻仍然將該產地出產小麥的數量列入製作麵粉的總量。瓦多夫麵包公司因此涉及違反德國食品安全法規，因直營連鎖店眾多，直接危害各邦州的食品秩序法規。且因違法進口麵粉，帳目不實，擾亂金融秩序。負責人瓦多夫太太的離奇死亡，也進入司法追查程序。」

看完我感到眼冒金星，試著自己這樣解讀新聞：

- 瓦多夫太太是被人害死的。

- 麵包工廠的麵包品質有問題。
- 非法進口爛麵粉，欺騙消費者。
- 沒有那麼多小麥田，卻出產了超量的小麥。

假設真的如此，那問題相當大呀！難道瓦多夫太太不知道嗎？她不是麥農出身？難道吃不出以爛麵粉製作的麵包？咦？等等，海蒂都吃得出爛麵粉製作的麵包，我還記得她說過……慢著，她也說過如果麵粉不夠，會以「進口的」應急。難道海蒂知情？

我越想越害怕，本以為麵包公司的經營很成功，人生能達成這樣的事業巔峰，是很有成就感的事。尤其當我在參觀那個先進的麵包工廠時，更是羨慕極了！然而，為何成功的另一面竟會有這些黑暗的操作？而且有善心又懂得生活的瓦多夫太太為何會被謀殺呢？如果瓦多夫先生沒有殺害她，又會是誰用這種需要長時間施以重金屬毒物的方式，一點一滴的慢慢奪走她的生命呢？

我又開始猜測海蒂到底知不知道這些事？瓦多夫太太有沒有跟海蒂透露些什麼？

但是越想，越感到自己的智慧有限。這種龐大的企業經營金融犯罪，已經超過我的智識範圍。

「如果妳要問我關於瓦多夫太太，我只能說完全看不出來她有任何煩惱。」農夫市場的阿嬤菜販，也就是阿克瑟的阿嬤這麼對我說。

「您有跟瓦多夫太太見過面？」我好奇的問，順便跟阿嬤挑了兩把蔥。

「當然呀！我前年才跟她在一個朋友的生日宴上見過，閒話家常。當時她還跟我們說現在事業已上軌道，兒子們也長大了，她準備過自己的生活，感到她很有活力呢。」阿克瑟的阿嬤中氣十足的說著。

「看不出她健康有問題？」我繼續好奇。

「完全看不出來！報紙上的報導還讓我懷疑是不是弄錯了？真是太意外了。」阿嬤搖搖頭說。

我上網看了許多瓦多夫家族的照片，瓦多夫夫婦確實是郎才女貌的一對。不管是慈善晚宴的美麗時尚裝束，還是家庭出遊的狗仔跟拍照，都感覺不出瓦多夫太太有生病或是厭世的神態。我還好奇查了瓦多夫先生的學經歷，資料上都寫著是成功的企業繼承者、慈善家，無緋聞、無前科……現在看起來好假面。

聰明的海蒂也欺騙了我，她跟我說的故事都是粉紅色的，那些會讓她消沉傷感的灰色地帶，她掩飾得很好。我希望海蒂不曾參與那些不當的行為，如果她早一點勸阻瓦多夫先生，事件的發展會不會好一些呢？但是又想到海蒂的遇害，是否也是這些事的一個結果？

我永遠無法更接近事實，因為海蒂只把我當成一個熟悉的陌生聽眾。她傳達給我的語言，是經過精心設計的呈現，只是讓我堅信她就是誠實的敘事者，而我為這些謊言真心的感動過。我甚至開始揣測，瓦多夫太太是否也與海蒂一樣，在自己的人生中，面對著自己虛構的真實人生？

⅄⅄⅄

又一年過去了。

瓦多夫麵包的連鎖店，因為負面新聞的持續報導而大幅減少，這讓擴張很快的瓦多夫麵包公司開始解雇員工。先從迷你打工者開始（Minijob，德國限額月薪在四百五十歐元以下的簡單輪值工作）。因為麵包店沒了，當然就不需要賣麵包的人；沒有店面，就減少了租金的支出；麵包店少了，麵包工廠自然就減產；產量少了，機器的使用率就不足以來支撐購買和折舊的成本了。瓦多夫麵包公司的虧損隨之而來，還伴著過期麵粉的醜聞和瓦多夫太太謀殺命案的調查。

為了保護吹哨者，媒體上完全沒有提及密告者的訊息，瓦多夫麵包公司案因而消聲匿跡了一陣子。因為過期麵粉醜聞的新聞嚇到不少人，許多麵包坊趁勢推出有機農場的手作烘焙麵包。

「還是傳統烘焙的麵包好！」我在手作麵包坊排隊結帳時，遇見的一位年輕媽媽這麼說。

「而且也比較有人情味。」我回答她。

「是啊！是這樣沒錯。麵包公司的麵包就是Jumbo麵粉，對身體並不好。」她搖搖頭。

「我錯過什麼新聞嗎？什麼是Jumbo麵粉呀？」我好奇的回問。

「就是有種工業用的酵母，任何麵食的發麵過程都萬無一失，發得整齊又漂亮。

只是那種酵母對人體並不見得好，我還是選擇傳統的麵包烘焙，品質和製作的方法都安心點。」年輕媽媽給我上了一堂手作麵包課。

其實製作麵包，從古到今都是一項重要的技藝。那雙揉麵的手，才是帶著溫暖的。自動化雖然大量又快速，但那只是一種產品，冷冰冰的一貫作業過程，即使最後熱烘烘的出爐，還是沒有心的暖度。

而食物，不就是最需要結合人心的溫柔嗎？溫柔，不也就是食物裡必要的養分嗎？

⅄⅄⅄

警方在一年十個月的追查之後，先逮捕了瓦多夫先生的女友歌姬小姐。是她謀殺了瓦多夫太太!?德國狗仔報拍到了在警方帶走歌姬小姐時，瓦多夫先生掩面哭泣的照片，他完全不知道是歌姬小姐奪走了自己太太的性命。這種驚嚇，我想誰也無法承受吧？

我後來才知道，這個故事，比我能想像的更為複雜一千倍。

瓦多夫麵包公司走私麵粉的醜聞越滾越大。

先是查出了瓦多夫先生的新女友歌姬小姐用毒謀殺瓦多夫太太的事件，因為這則新聞實在比麵粉醜聞更八卦，瞬息間所有德國的暢銷小報，如鯊魚嗜血般的追蹤著各種讓人不得不側目的內容。

因為這類的小報每週發行，而且幾乎每個超級市場或是加油站都買得到，閒來無事的人就會買來看看。我雖非其忠實的讀者，但這些上頭條的人物我都親眼見過，當然想讀讀看到底是寫些什麼內容呀！

到大超市將每週發行的各種小報都買齊，得出了這些狗仔報膨風的報導細節：

• 歌姬莎夏小姐，是十二歲時因盧安達大屠殺而來到德國的難民。

• 瓦多夫麵包公司贊助了難民融入德國社會的文化活動，莎夏因為長得很可愛，常常在瓦多夫麵包公司的活動中，扮演模型麵包裡花粉公主的角色。

• 莎夏因為對音樂有興趣，尤其是唱歌，所以瓦多夫夫婦就領養了她。（海蒂居然沒有告訴我這件事！）

• 莎夏已經和警方認罪，表示她和一位叫做木斯其尼的盧安達同鄉（住在德國多年的難民）買了重金屬毒粉。
• 莎夏因為愛上了瓦多夫先生，她想用神不知鬼不覺的方式毒害瓦多夫太太。
• 瓦多夫先生對此事完全不知情。在瓦多夫太太因為重金屬中毒且心臟病發過世後，接受了歌姬小姐的愛情。

這……真的是懸疑片才有的劇情吧？可憐的瓦多夫太太！竟然是被自己領養的女兒毒害耶！而且是被莎夏長達三年，每日早餐中加入的重金屬毒粉所害命？這位歌姬小姐也太有心機了，竟然可以用三年的時間來策畫這種可怕的事！

但同時，我更難理解的是瓦多夫先生，怎麼會容許自己愛上自己的女兒呀？如果他知道真相之後，會不會後悔？他對自己的太太有沒有任何歉疚？我同時也想知道賣毒粉給莎夏的同鄉什麼來頭，他是否也被抓到了呢？

通常你想知道的更多的案件細節，小報八卦一定不會寫。因為刺激感官的部分只有那些驚悚、誇大的男歡女愛，謀財害命的細節描述會為雜誌社帶來收入；至於正確資訊或不重要的案情，八卦報刊可不會笨到花時間去報導出來給讀者知道。而且還要刻意的越描越黑，激起讀者看到標題不買都不行的好奇心。另外，我天真的以為這些八卦報到會提到相關的另一人，也就是因公出差而不幸失去性命的海蒂。但沒有半個字有提到她，就像海蒂從未存在似的。

瓦多夫先生則因為走私麵粉、公司財報造假的案子，開始了冗長的官司。這部分很多小報就失去了興趣，慢慢的有關瓦多夫家族的新聞就被其他新聞取代了。

瓦多夫麵包公司在不堪虧損下準備宣布破產了。

公司的員工們也開始了與公司的興訟過程，德國的工會也介入整個勞資雙方的權益談判。這樣的結果，可能是當初的瓦多夫先生始料未及吧？為了快速擴張公司的所有舉債投資，都是靠不合格便宜的進口麵粉來製作，再以新的麵包產品運用廣告來促銷，藉以賺取利潤。這怎麼行呢？只是，我還是沒辦法把這整件事拼湊出一個完整的面貌。我不相信瓦多夫太太會不知道這些問題？她為什麼又要縱容瓦多夫先生這麼做呢？誰又能回答我呢？

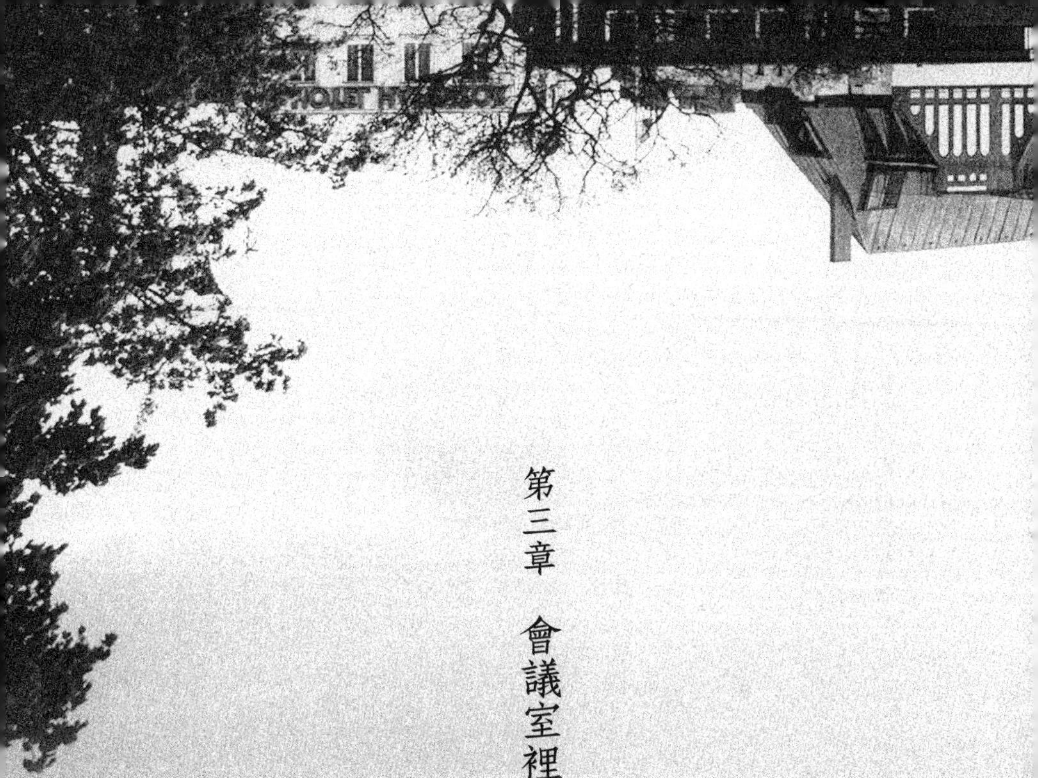

第三章　會議室裡的風暴

當四月春暖花開之際，我收到了一張手寫親簽的請帖。

寄件人：莎賓娜．夏爾（這誰啊？）

寄件地址：寧靜農莊（完全不知道是哪裡？）

內容：

「親愛的H小姐，

我們在此誠摯歡迎您到本農莊度假！

因您是我們的貴賓，您將享有三天兩夜的免費住宿和一切休閒活動。

請來這個位於山間的寧靜世界，讓大自然的能量充滿於心！

期盼您盡快回覆，是否接受我們的邀請！

農莊女主人　莎賓娜．夏爾」

現在的廣告信函還真工夫，是親筆撰寫，而不是大量印刷的。

我上網看看地址上的郵遞區號，竟然是在德國很北邊的一個小山村。看來要享受這個免費的旅遊行程，不知道要先自掏腰包花費多少車資？德國的交通費可是很大一筆的開銷呀！這種廣告信，以為可以騙到我？那我不就也相信那種以語音通知我中樂透的詐騙電話嗎？

正當我想到電話詐騙的時候，沒想到手機就響了。

更沒想到接了這通電話，讓我尖叫不已……

德國人對於電話詐騙非常感冒，於是不少人在網站上記錄這類詐騙電話的號碼，提供他人預防被詐騙，只需鍵入來電號碼，大概就可以知道是否為詐騙電話，或是也有人會寫要注意哪些電話號碼的來電最好別接勿回。

所以大多可以在有來電時，即能判斷是否是詐騙電話，選擇要不要接。

只是今天這個來電顯示，雖然完全陌生，不在任何的電話簿或通話紀錄中，卻給我一種非接不可的感覺。

「喂？」接起電話，連我自己都覺得是很有防衛心的語調。

「請問是H小姐嗎？我是約拿斯．舒曼。」對方是一位聲音沉穩的男性。

「我是。您是哪位？」這位陌生男子的姓與海蒂相同，引起了我的好奇心。

「我的姐姐海蒂您認識吧？」對方問。

「哇！HALLO！當然認識！您是海蒂的弟弟？」我尖叫。

沒想到是海蒂的弟弟，那位我只聽說過的弟弟。

咦？打電話來不知有什麼事？管他什麼事，我心裡立即升起一個念頭：我要問他海蒂葬在哪裡，我要為她獻上一大束花……

「啊，H小姐，太好了！這麼快就能找到您。很冒昧的想要請教您，是否有收到一封北德農莊的邀請函？」對方問。

聽到這麼說，我的防衛心又起。這個弟弟該不會是在做旅遊產品直銷吧？利用姐姐的人脈來推銷旅遊行程？

「嗯……有，剛剛收到的。可是舒曼先生，我個人對於農莊旅遊並不熱中……」我支支吾吾的在找更友善的句子來拒絕，唉呀，如果是廣告電話行銷我就沒那麼客氣了，我一定馬上回嘴：「您從哪裡得到我的電話號碼？要我報警嗎？」然後我一定會以一個讓人發笑的誇張動作按下停止通話鍵。可是，這通電話卻讓我怎麼樣也無法就這麼將它掛斷。

「哈哈！您誤會了！事情是這樣的……」對方笑了起來並開始解釋。

原來海蒂的弟弟會在兩年後才與我聯絡，是因為這段期間都在幫忙處理海蒂的私人事務。在和家人商量過後，決定用邀請的方式，聯絡海蒂的朋友，一起到北德的寧靜農莊見面，大家一起懷念海蒂。而這些邀請的費用，完全出自海蒂的遺產。家人們認為這些錢如此運用，會是最好的方式。

「真感謝你們的安排！太令人感動了！我一直都想知道海蒂葬在何處，可是都沒有人知道。」說著說著，我眼眶都泛紅了。

「海蒂在事件發生後就留在北邊了，我想她比較想要遠離傷心之地吧？」他溫和的說。

「我願意參加！很樂意，真感謝你聯絡我！」我充滿感動的說。

「啊！太好了！我們也很感謝你！」海蒂的弟弟聽來很高興。

感謝我？這個弟弟真有禮貌，花錢請人旅遊還很感謝參加的人，害我都有點不好意思了。

掛上電話，我為這突如其來的邀請感到驚喜，因為終於可以拜訪海蒂的長眠之處了。我不知如何形容我的激動，腦海裡又出現了海蒂曾有的開朗音容樣貌，包括最後她搭上計程車時臉上那抹像流著眼淚的微笑……

人人人

確認了和海蒂的弟弟喬定安排的時間，幾週後，我展開了前往北德農莊的旅程。只是在抵達之後，在那邊等著我的，卻和我的想像完全不同。

前往寧靜農莊的交通路線和接駁，全由海蒂的弟弟安排。猶記出發前一天，我看著車票、住宿券和摘要式的注意事項。

- 出發日期：寫著車票的日期、車次。
- 預計到達時間：一五：三〇
- 接駁車：寫著車號和司機的名字

•預計抵達寧靜農莊的時間：一七：三〇

•訂房名稱：H小姐

看看出發的時間，再用抵達的時間推算，預計大概要花十個小時才能到達這個在郊外的鄉間農莊。

用網路上的衛星地圖找到了這家農莊的位置，但想看到更詳細的街景圖卻徒勞無功。這有兩種可能：一是因為太偏僻，所以街景車沒有拍；二是為了隱私不給拍，或是申請了塗消影像。

不管是一還是二，如果那位來接我的司機沒出現，或是車子半途拋錨，我就得在山路上過夜了吧？這麼偏僻的郊外，光用想的就害怕。

我還特別問了一次那位自稱是海蒂弟弟的人（對他的真實身分依舊存疑），會不會有人跟我一起搭接駁車呀？如果有其他要去追悼海蒂的人也是差不多的時間抵達，我說不定能有個伴。結果得到的答案竟是：所有人都是比我早一天就抵達了。

也就是說，我是「一個人」出發，到一個很不熟的陌生環境，再由一個完全不認識的司機先生，把我帶去一個看來就算逃走，也不知道能逃到哪的地方耶！

這讓我有點擔心，有點後悔這麼隨便就相信了一個自稱是海蒂弟弟的人，而且在沒確認是真是假的狀態下，自願去赴約。唉，這該怎麼辦才好？心情突然七上八下的，越想越害怕……

手機這時響起，是那位舒曼先生，自稱是海蒂弟弟的人打來的。我該提出我的疑問嗎？還是乾脆說我明天不去了？

「您好！H小姐，明早就要出發了，您已經準備好了吧？」電話那端傳來舒曼先生客氣的聲音。

「都準備好了，只是……可能有點旅行熱（旅行前的不安心情）吧！」我假裝輕鬆的說。

「可以理解，這是一趟挺遠的旅程。今天下午我已經到達農莊了，天氣很棒，這裡的空氣很清新，明天您抵達時一定會喜歡這兒的環境的。我打電話的目的，是想請問您還存留著那張照片嗎？就是您傳給海蒂那張紅色手提包的照片？」他問。

他說了這件事，我才真的能確定他就是海蒂的弟弟。因為紅色手提包的事，除了警察，只有他知道。

「哇！這麼久了，我得找找。」我說。

「如果有的話，要請您列印帶一張過來；如果沒有也沒關係，我只是想把整件事回顧一下，沒有這麼重要。那就晚安，明天見囉！」舒曼先生道了晚安。

我趕緊把由手機上傳到電腦的舊相片找出來看，搜尋我和海蒂說再見的日期，紅色手提包的照片還在。我把它列印出來，放進了手提行李箱中的網狀隔板（放燙好的衣服的那層）中，避免照片被壓皺了。

⅄⅄⅄

火車雖是快車，但是因為路線曲折，得在不同的車站換兩次車。車窗外的風景由擁擠的城市變成森林，又從森林變成湖泊和小河，又從草原變成廣大平坦的農田，又從有樹有草有花的田野，變成只剩下藍天和大片白雲相接的地平線。

這種廣大的景象，是一種持續的單調。午後強烈的陽光，晒得我眼睛都張不開。

我靠著車窗玻璃，慢慢的，昨晚出門旅行前的緊張感逐漸退去，隨著火車規律的搖晃和溫暖的日光，我像個小嬰兒似的，非常安心的，沉沉的睡著了。

「你要下車的站快到了。」鄰座的老太太好心提醒我，輕輕的拍我的肩膀。幸好我一路跟她聊天，有跟她說我要到哪一站。

我瞬間驚醒，「喔！謝謝！謝謝！」趕緊起身準備下車。

「不急，我怕你睡過站，還有幾分鐘才會到。」老太太好心的說。

隨後聽到到站的廣播，我和老太太告別，拿著行李下了車。

這個車站，整個月臺上只有拎著旅行箱的我。環顧四周，四下無人，甚至看不到任何其他的生物。

我想、我猜、我希望，出了車站，就會有一輛接我的計程車在那裡等著。

順著出口來到車站外，有一個很大的停車場，卻沒幾輛車停在那裡。也許其他時間會有人停車再換搭火車吧？但星期日的今天，還真是半個人影都沒有。

站在車站門前，涼風呼呼的吹過耳邊。

這下可好了，正如我所擔心的，那個該來接我計程車司機沒有出現。

我從包包裡拿出注意事項單，看看上面計程車司機的名字：夏爾太太。

再比對一下邀請函上女主人的名字，原來農莊的女主人也負責接送呀？還是同家族的另一位工作人員？

不過不管是誰，她都沒有出現。我正拿起手機準備撥給舒曼先生時，突然有人從背後叫我。

回頭一看，竟然是……

如果說世界上有讓人驚喜的排行榜，我覺得「重生」絕對是第一名！

無論是心靈上的重生，或是生活日常上的重新開始，都會讓人欣喜。因為沒有生命，便無法承載人生。而人生，並不一定是順遂的，充滿著高低起伏。隨著年齡和經歷，你會看淡一些事，也會看穿一些困擾。當生命有了讓人繼續生活下去的能量出現時，這就是一種重生的感動。

而這種感動，是生命中最好的禮物。

然而，現在眼前出現的，是沒有辦法理解的一種悸動。我看見的人，是一個最不真實的幻象？還是這幻象是真實的？還是我已穿越了現實，到了另一個宇宙的空間？

我根本無法解釋我眼前所見，更別說向任何人提出一個合理的解釋！

這個車站難道是一個穿梭陰陽界的車站？我想大聲尖叫，可是完全無法控制自己的聲帶，我發現自己完全發不出聲音！只聽見從喉頭擠壓出來，很微弱而且斷斷續續「呃……呃……呃呃……」的顫抖音。

眼睛盯著喊我回頭的人，我感到眼眶開始發熱，頸肩開始像發條一樣喀啦喀啦的旋緊，上下顎因為緊咬著牙齒開始發酸，眼珠開始乾澀，全身顫抖不已，然後眼淚「嘩」的如瀑布般流下來……

但我面無表情，我完全知道自己面無表情，因為不知道這時候要用什麼表情來反應此刻所面臨的景象。

這時眼前的人突然開口說話了：

「H小姐，您走錯了喔，這是通往停車場的出口，車站的正門在另一邊。」這位俐落短髮的女生笑著對我說。

我不停的流淚，無法停止。但是女生並沒有覺得奇怪，還和藹的走過來給我一個大大的擁抱。

「我懂……」女生拍拍我的背說。

「天啊～～為什麼這麼可怕呀～～」當我聽到這女生說話的聲音時，才放聲的哭了出來。

瞬息間，以為自己到了另一個世界，而這個火車站，則是兩個世界的入口……

「我們有三天兩夜的時間，可以好好的把故事說清楚。」女生溫柔的挽著我的手，帶我走到她的車旁。

是的，這位夏爾太太並不是什麼夏爾太太，她的名字，我是說她「重生」之前的名字，是：海蒂．舒曼！

在前往寧靜農莊的兩小時路程中，我哭了大約有一個小時，因為心情太激動的緣故。剩下的一個小時，我則是一直不停的大聲罵人，似乎要把所有受到驚嚇的心情抒發殆盡。但海蒂只是靜靜的微笑，用寬容溫柔的神態陪伴著我。

「我們快到了，妳一定餓了吧？我烤了最好吃的新鮮麵包，還有自家農莊的迷迭香羊排，妳一定會喜歡！」海蒂對我說……不，是夏爾女士，唉呀，到底是誰？

當車子停在農莊的前院時，有幾位男女從屋裡走出來。

「哇！原來你們都是大騙子！」我又叫了起來。

這幾位是賣菜警察阿克瑟和他的女友、賣菜的阿嬤，另外一位應該就是海蒂的弟弟約拿斯吧？

這時我才卸除所有的心防，開心的與每個人擁抱，一起大笑大叫。

阿克瑟笑著要我小聲點，「這可是個祕密聚會！」他對我眨眨眼說。

喔，對了，這是個需要保密的見面會！只是，要保什麼密？我除了知道海蒂還活著之外，還有哪些事不知道呢？

晚餐在農莊草原上的一棵老樹下，擺起的長桌上展開。所有的食物全來自寧靜農莊，那美妙的滋味真是太讓人身心舒暢了！

然而，在這寧靜和諧美妙晚餐之前發生的事情，又會是什麼呢？海蒂，這位現在改名為莎賓娜的女生，本來以為已經離開人間的朋友，又是如何重生的呢？

這一連串曲折過程，讓我們談到了深夜……

我在海蒂……喔，不，是莎賓娜說故事時，一再端詳她的臉龐，一再抱著檢視「重生者」的心情，我很擔心再度被騙了，這次的這個「她」是真實的嗎？還是只是一位長得與海蒂很像的人來冒充的呢？

我清楚的記得海蒂的頭髮是染成銀色的，眼前的這位則是留著很短的棕髮。我也記得海蒂常因頸肩酸痛，用手掌心輕輕按摩自己後頸時的模樣。當然還有海蒂的笑是含蓄的，眼神是敏銳的。而眼前這位棕髮女郎是健談坦率的，身體是健美且結實的。還有她的雙手，海蒂的手曾是白皙柔軟的，還喜歡塗上了與頭髮相似的白指甲油；而現在的手是有力的，指甲修得短短的，還有淺淺黑黑的泥邊，顯現出了這雙手常與土地上的農作物親近。

另外海蒂以前常畫著大紅色的唇，現在則是自然的紅潤，一點也不需要補妝，真的比人工的色澤更美上許多倍。

比對了新舊海蒂的身體和形態，如果她現在否認，說她並不是海蒂，這只是一場惡作劇，我也會相信。

只是從那雙唇而出對我所敘述的故事，讓我堅信她就是海蒂。尤其當她說到我們最後一次見面的這個情節時，我再度從那雙淡綠色的眼珠上，看見了那天早上她搭上計程車離開時的那抹淚流滿面的微笑。

▲▲▲

讓我們一起將時間回溯，調轉回兩年前我與海蒂最後見面那天早上之前的七天。下完課到小啤酒吧小聊之後，我們道別回家。

在回家途中，海蒂突然想起上班穿的外套放在辦公室，而家裡的鑰匙放在外套口袋裡，於是她駕車返回了麵包公司。

當車開進公司那個刷卡才能進入的停車場時，她發現了辦公室有燈光。海蒂以為是自己離開時忘了關燈，走到前門時，看見老闆的車停在附近。咦？老闆不是早就離開公司了？而且公司的大門的警鈴沒響，門也沒有上鎖。海蒂以為是竊盜案件，於是想要報案。

可是這時，她聽見了男歡女愛的喘息聲。她轉念想看看是誰跟誰下班不回家，竟把辦公室當成幽會地點？

海蒂輕輕的走到全是落地玻璃的會議室前，看見了讓她幾乎暈眩的一幕！

她看見的不是賊，不是入侵者，不是陌生人，而是……

沒錯，就是這樣。海蒂看見老闆和歌姬小姐莎夏正在做愛。就在那張老闆娘最喜歡，最愛稱讚的那張長形原木會議桌上，做出激烈顫抖的交合。歌姬小姐莎夏均勻的膚色和健美的裸體，正讓老闆激動的難以自己，渾然忘我……

海蒂面對這一幕，簡直是忘了要呼吸，眼睛睜得很大，她的雙手不自覺的同時伸到嘴邊試圖蓋住嘴巴，以免突然控制不住尖叫出來。她從沒有想過這樣的場景，此時還懷疑是否自己的視覺神經出了問題，眼前的景象不過是幻象。只是，當她又聽見莎夏激情的呻吟時，才回過神知道這是真實正在發生的事。在極度震驚之餘，她用微微顫抖的手，小心的從手提包中拿出了手機，從暗處悄悄的朝著自己的視線方向，按下了手機的錄影功能……

海蒂沒有進去拿鑰匙，她輕輕的走出辦公室，老闆不會發現有任何人來過，因為他把整個辦公室的監視系統和警鈴全都暫時關閉了。只有這樣，才不會留下任何與莎夏的偷情影像，但這也方便了海蒂可以迅速的離開現場。

海蒂心慌意亂的開著車在人跡稀少的市區轉了一會兒後，她決定去找老闆娘。

海蒂先打了電話，確認老闆娘是否在家。

「我不在家呀！我今晚與朋友有飯局。」老闆娘在吵雜的餐廳接了電話。

「老闆不在就跑出去玩？」海蒂故作輕鬆打趣的說。可是輕鬆的只是她裝出來的聲音，她強忍住快要哭出來的鼻音。

「約瑟夫今晚要加班開會，聽說麵粉廠的人今天只有晚上七點以後有空……」老闆娘說。

「妳何時有空？幾點回家？」海蒂忍不住問。

「明天可以嗎？早上？」老闆娘建議明天再說。

海蒂感到瓦多夫太太與她的對話有些心不在焉，這與平常老闆娘溫暖的聲音不同，似乎換了個人似的。只是海蒂又轉念一想，是否自己才有讓人感到奇怪的語調？畢竟她平常也很少在這時間或是用這種方式約老闆娘見面。

「可以。那明天早上，在大會議室見。」海蒂只好故作鎮定。

結束通話，海蒂想起她還是得回家但沒有鑰匙。她於是又鼓起勇氣，折回辦公室。

這次辦公室一切如常，就像什麼事都沒發生過一樣。

海蒂回到家，心煩意亂了一個晚上，她有一整夜的時間，慢慢考慮是否要把錄影給老闆娘看。莫名而起的偏頭痛，讓她吃了好幾顆止痛藥，她知道也許是情緒造成。今晚看到的畫面，甚至不需要把錄影再看一遍，老闆和莎夏的身影不斷的在腦海中浮現。如果告訴了老闆娘會怎麼樣呢？她一定會傷心欲絕吧？那該不該告訴她呢？海蒂把頭埋進枕頭中，發現自己竟然滿身冷汗，頭痛欲裂……

然而第二天早上，在大會議室，有件更讓海蒂驚訝的事即將爆發。

⅄⅄⅄

海蒂在頭疼了一夜之後，昏沉沉的按下了鬧鐘的鈴聲。

她慢慢的從床上坐起來，把頭髮用雙手往上糾成一束，接著往上一拉，她感到頭頂一股熱流慢慢沿著頸脖往脊椎蔓延，然後熱能緩緩流向腰間再充滿整個身體。她深深的呼吸了一口氣，這是她叫醒自己的方式。尤其是在宿醉後的第二天一早，只有這個抓髮上提的方法可以讓她徹底清醒。

就在海蒂走向廚房要煮咖啡之際，看見手機裡一則簡訊，是老闆娘瓦多夫太太傳來的：「如果可能，請提早進公司。」

海蒂心裡有種怪異的感受。老闆娘為什麼會這麼早就進公司？是不是她發現了昨晚的事？如果真是如此，今天的場面肯定是一場可怕的混亂……海蒂又突然感到一陣心慌，會不會是自己昨晚在迷茫昏暈的狀況下，不小心的將拍到的影像傳去給老闆娘了？所以現在在公司引起了大爭執？於是她趕緊察看手機發送的訊息，一一檢視之後，還好並沒有把影像外傳給任何人。她鬆了一口氣，當然也確定昨晚沒有再打電話給老闆娘……

那麼老闆娘為什麼要她儘快到公司呢？

海蒂用最快的速度換衣出門，她真的無法猜透這一波又一波的衝擊，到底還要發展到什麼程度。

海蒂尚未進入會議室，就聽見爭吵的聲音。老闆娘的高聲叫囂和老闆的低聲回應交錯，這與昨夜她在同一間會議室中聽見的男歡女愛聲截然不同。她一陣心跳加快，透過玻璃窗看見老闆娘在會議桌上擺了一堆堆的檔案夾和散落的紙張文件，夫婦倆用極誇張的手勢在爭執溝通什麼事。

海蒂趕緊推門進去。

「早安。」她對老闆夫婦說。

老闆夫婦同時望著她，停止了爭執。

「妳看起來很糟。」老闆娘對著海蒂說。

「妳也是。」海蒂對老闆娘說。

「我能幫什麼忙？」海蒂走過去看看桌上堆積的文件，是公司的報表和所有相關的文件檔案。

「我們有大麻煩了。」老闆娘搖搖頭說。

「我不認為，不會有事的。是妳太多慮了，我們只需要度過這段時期，一切都不會有事。」老闆立即接話。

海蒂一頭霧水。什麼時期？有什麼要度過？到底是什麼麻煩？如果有任何麻煩，怎麼她會完全不知道？

老闆走出會議室，老闆娘開始跟海蒂解釋了一切：

老闆為了在非洲成立慈善基金會（此基金會將交由莎夏主持），必須籌措一筆資金。只是遇上公司擴張太快，開了太多的分店，現金流無法控制的情形下，只好從麵包的品質下手。因為老闆娘家自己有小麥田，可以自己控制原物料，於是跟麵粉廠合作假帳目，用一半高級的自家麵粉，加入由東歐走私進口的麵粉製作麵包。麵粉廠老闆願意幫助瓦多夫先生，是因為他也想在非洲的慈善基金會得個榮譽名稱的頭銜，所以加入了老闆以劣質麵粉烘焙高價麵包的計畫。

於是，一個德國的麵包公司，為了在盧安達建立慈善基金會的計畫，成了食安詐騙和擾亂金融的經濟犯。

老闆娘被蒙在鼓裡。瓦多夫太太本來想在人生最美好的年紀退休，加入自己的企業在非洲的慈善活動，忙碌於大型的慈善事業開發，卻沒想到因為疏於檢視公司的運作，讓老闆走進了無法回頭的深淵。海蒂這時才明白，她雖然管理公司的麵包訂購和成本計算，但也被老闆和麵粉廠老闆給欺騙了。就連她向所有分店客戶所保證通過歐盟認證的德國有機麵粉，其實都摻了劣質的麵粉！

老闆居然告訴老闆娘一切沒問題，只要度過這個時期，他們就可以順利讓非洲的慈善基金會運作流暢。

海蒂太震驚了！

如果被查緝到，整個麵包公司就完蛋了！她趕緊衝上前看看自己做的麵包材料報表，忍不住想要尖叫！當她心裡想到昨晚就在這張會議桌上，老闆和莎夏發生的事，再比對目前的公司問題，終於明白老闆為什麼會為了這個基金會鋌而走險。海蒂內心憤憤不平卻不能發作表現出來，她知道若是在這個時刻告訴老闆娘這個更令人傷心的真相，只是讓事情更加混亂，毫無益處。想到這裡，海蒂的內心更加痛苦，更替老闆娘感到不值。

「現在狀況有多糟？我們該怎麼辦？」海蒂急切的問。

老闆娘平靜的看著海蒂。

「我們必須認罪。」

海蒂認為老闆娘的回答太過於平靜，平靜到讓她打了一個冷顫。

「無論如何，先吃個熱早餐。」莎夏此時走進會議室，她托盤上端著熱騰騰的咖啡和自家剛出爐的麵包。

「感謝莎夏！她這幾年自己烘焙麵包，越來越好吃，可以撫慰我心。」老闆娘說。

海蒂看著這一幕，憤恨至極，她感覺得出自己眼珠上的血絲在擴張，血液澎湃得像要爆發的火山，她用力得像要擠出眼珠子似的瞪著莎夏。海蒂慢慢拿出手機，緩緩找到電話簿上莎夏的名字，將昨晚的影片附上，按下傳送鍵，送出。

莎夏的手機傳來訊息的通知聲，海蒂冷漠的看著莎夏從口袋拿出手機，打開訊息。

莎夏平靜的看完了影片，緩緩抬頭看著中間隔著老闆娘，和她對坐的海蒂。

莎夏的眼中看不出任何的情緒。

她只是緩緩的側頭望向會議室大片落地玻璃窗外的天空。那片天空底下，是美麗的蒼鬱森林和井然有致的歐洲農舍，錯落於山野間的美景。

這一秒鐘的凝視，彷彿將莎夏過往的回憶快速掃瞄。

⅄⅄⅄

她的本名不叫莎夏，來到德國之前的名字叫美隆。

莎夏是她在盧安達逃離胡圖大屠殺時，由德國人道救援組織的志工給她起的名字。為什麼不用本名呢？一名來自荒蕪非洲小村落中的女孩，在那荒涼簡陋，既原始又簡單的生活環境中，護照是不存在的。所有的親族都在屠殺中死去，只剩被爸爸藏在牲畜飲水用的腐朽木水槽下的小小莎夏存活了下來；救援志工發現了她，並幫她辦了德國領養機構的申請，她可以在人道庇護的法令下，被安置到德國生活。當她要登記身分證明被送到德國之前，忙亂的志工們只能給她取個暫代的名字，這個暫代的名字就這麼被沿用下來了。

莎夏到德國後，在人道機構生活了一段時間，後來就由瓦多夫麵包公司的夫婦所領養，瓦多夫夫婦一直以為她的本名就是莎夏，於是就繼續沿用了這個名字。

然而，莎夏卻從孩童時代就過著兩種人格的認知生活。或許我們都無法否認，人在出生後有一個天然的本我，成長後又被環境教育下塑造成另一個被社會認同的自我。只是這些德國文明文化所認知的道德標準，卻與莎夏的出身完全悖離。她必須選擇一個中心思想，不然她的心沒有根。她的根是非洲那片天空下的一切，那裡有孕育她膚色的基因，有形塑她的空氣和土壤，更有她誓言要討回的生命正義。其他一切在德國的生命歷程，都只是生命延續中的過渡。她對這些外在的賦予，毫不在乎。這些都只是偶然的屬於了她，她對於偶然的擁有完全不戀棧。她甚至對於在德國成長的莎夏很客氣，因為「莎夏」的一切對美隆而言，只是一個陌生的身分，真正的她躲藏在這個一切都合法的身分裡。甚至告訴自己，如果認同這個偶然因為命運捉弄而附身的莎夏，那她就完全不認識自己。

莎夏只記得她的本名叫美隆，美隆這個名字，在非洲是「女戰神」的意思。清楚記得父母希望她是個善戰的女戰士，這樣才能對抗那些要滅絕他們種族的敵人。

可惜只有美隆存活了下來。而美隆心中從沒忘記父母對她的期許，她在德國成長的過程中仍然以女戰神自居。莎夏明白女戰神的任務，就是要對抗所有來挑戰的人。

在非洲，女戰神不怕挑戰，在面對敵人時，戰神的氣勢總要凌駕於敵人之上……

莎夏想到這兒，雖然對天空的凝視僅只有一秒鐘，卻足以讓莎夏集結了雷霆萬鈞之勇，莎夏就是美隆，美隆就是驍勇善戰的女戰神！

⅄ ⅄ ⅄

莎夏此時沉著應對著海蒂的陣前叫戰，她已不是那個未受西方文明教育的原始部落村民，她有更多的謀略讓自己可以冷靜的對峙挑釁的敵人。而且，海蒂不知道她的計策已經謀畫多年，海蒂昨晚看到的一切，只是莎夏接近終點完美結局的前導而已。

想到這兒，莎夏嘴角揚起一抹胸有成竹淡淡的微笑，讓瞪著莎夏的海蒂全身起了雞皮疙瘩！

莎夏一臉輕鬆的緩緩將眼光從窗外移回來，停駐在老闆娘身上。

「啊，好可憐！妳最近心煩的事很多，多吃點有能量的新鮮麵包吧！小心照顧自己……」莎夏邊說邊督促著老闆娘多吃一點現烤的麵包和自製的果醬，老闆娘很開心的享受著早餐。

充滿憤怒的海蒂等不到預期中莎夏的反應，她以為莎夏會因此驚慌失措，會自責大哭，至少要顯出被人發現事端的慌張……但是，莎夏反而一邊將麵包遞給老闆娘，一邊還微笑著對海蒂眨了眨眼。

海蒂覺得莎夏用這個異常的冷靜，對她施以重重的一擊！她想尖叫卻不能出聲，想反擊卻無法出拳！

海蒂踉蹌失魂似的站起來，甩掉剛剛假裝拿起在手裡的檔案夾，衝出會議室到自己的座位上坐下。

她完全失去主張了！她該怎麼辦？莎夏為什麼對影片沒有任何反應？這個女巫婆葫蘆裡到底賣什麼藥？

海蒂本來以為傳出影片可以打擊到莎夏，卻沒有得到預期的反應，她陷入如同掉入黑洞般的無助和恐慌。不過，當她看見正在辦公室忙碌得不知在和誰講電話的老闆時，突然了悟到一件事。

我們或許都有這樣的經驗：

當你很專注的看著一個物體時，你會慢慢減弱對周遭環境一切聲色雜物的感知。

換句話說，當你越專注，就越能集中精神；越能集中精神，人就能越看出正被自己觀察的那個物體更多的細節，而這些細節，往往是平常你根本不可能意識到的微妙訊息。

海蒂此時不知為何會被老闆在隔音玻璃窗後的神態動作吸引，直視正在辦公室中講電話的老闆，她越專注看著老闆的臉，就越聽不見周遭任何的聲音，感覺自己身處在一個完全隔音的空間中，只剩下眼球有感知能力。她讀取老闆臉上激動的肌肉線條，嘴部咆哮動作時閉時張的變換，海蒂突然開始有著理性的推理：

老闆在跟誰生氣？話筒對方是麵粉廠的老闆？這整個假麵粉揭發事件，到底誰是向老闆娘告密的人？

絕對不會是麵粉廠老闆。他也是促成這件詐騙的關係人之一，他想以後在基金會得到一個榮譽的名聲，所以告密者絕不會是他。

是莎夏？那就更不可能了，基金會籌備處的主要負責人就是她。這個巫婆哪會去扯自己的後腿？海蒂更懷疑莎夏對假麵粉的事情知道多少？因為據自己對老闆有些好大喜功、愛面子的個性看來，他絕對在莎夏面前承諾可以成立基金會，當然不會把自己的弱點暴露在年輕的小愛人面前。

推理至此，就更不會是老闆自己向老闆娘來坦承這一切的不正當的操作了。

海蒂想想，公司還有誰可以那麼接近老闆呢？可以近到知道這一切的細節？海蒂環顧整個辦公室，全是上班是同事，下班不認識的雇員，當然也更不可能是這些員工。

再想想老闆娘身邊的人。

老闆娘除了家人，真心交往的朋友不多。是遊艇俱樂部的貴婦？其實每次老闆娘去玩風帆或駕船度假回家時，都會拿這些貴婦的事情來開開玩笑。有些人妻只是因為錢而踏入婚姻，有些表面對有錢有勢的丈夫唯唯諾諾，私底下拿錢養午夜牛郎的也不少。老闆娘每回都說這些人真不怕煩，每天為了這些事傷腦筋。所以，也不太可能是這些貴婦們。

是老闆娘在橋牌俱樂部的朋友嗎？這些打橋牌有錢又有閒的人，或許有些思考能力，不過他們只談牌，完全不談個人私事。海蒂也認得其中幾位，有退休的教師，有退休的醫師，還有把事業和客戶一併傳承給小孩的律師。只是這些人，聰明到「你家的事，就你自己去處理」，他們是不會關心他人私事的。

海蒂想破了頭，也猜不出老闆娘是從哪裡得知，這個讓老闆如此心慌的祕密？從昨晚到現在，海蒂只能用混亂來形容自己的狀態，等到冷靜下來，才發現剛剛忘了問老闆娘這個重要的問題。她趕緊走回會議室，卻發現老闆娘已經離開。老闆娘的祕書說老闆娘今早十點要看診，海蒂這才想起瓦多夫太太從去年開始，就常感到疲倦和莫名的心悸，醫生說有貧血的狀況。

祕書告訴海蒂，老闆娘交代要大家下星期二前，把自己部門近三年的各式報表整理清楚，星期二下午要開重要的會議。

原來老闆娘鐵了心要老闆去自首？這個會開下去，老闆所有的假帳冊都會曝光，老闆娘這次真的是毫不留情要與老闆選擇站不同邊了，難怪老闆這麼慌亂的找應對的方法。

只是海蒂又想到，如果瓦多夫太太這麼做，大家不都要失業了嗎？在進入訴訟的程序或整個認罪的過程中，要怎麼表明自己並未參與，是無辜的呢？而且，老闆娘現在知道的事，有多少內容是已經被調查過的呢？老闆真的會配合她的意見，去自我揭發認罪嗎？

海蒂感覺自己背負著一顆重重的鉛球，完全沒辦法承受這一切的衝擊。昨晚的驚人發現、莎夏的怪異反應、老闆娘背後神祕的告密藏鏡人……這一切一切，讓她摸不清自己是害怕，是擔憂，還是絕望。

是絕望。

海蒂從未如此絕望。就連被最愛的男友劈腿時，也從未有此時墜如入深淵的感受。因為愛人的背叛，只要一個人撐過就能過，哭笑由我，瘋癲任我。但是這時的絕望，是你對生命中重要人們的落空，是熟悉者之間彼此的背叛，而你必須和這些熟悉的人，開始完全陌生的廝殺對抗。

這樣的對抗，是一場沒有目標的審判。這些熟悉者的陌生變化，你竟不自覺一直參與其中……直到你回過頭，發現連自己都不認識自己。

海蒂這時看見老闆暫離辦公室，他的電腦開著。她走到辦公室的窗邊，看見老闆正下樓到停車場的車上拿東西，她也知道按照老闆的習慣，會順便拿出菸盒點一根菸，這是他多年來改不了的習慣。

不知道是對老闆娘的感恩，還是對莎夏的恨意，或是對老闆非法作為的厭惡，海蒂竟從抽屜拿出一個新的隨身碟，她明白老闆回到辦公室前，會有五分鐘左右的時間。她要利用這個不需要密碼即可看見老闆祕密的時間，看看老闆到底做了哪些事。

中午休息時間辦公室沒有人。海蒂走到老闆辦公桌旁，按亮休眠中的電腦螢幕，她看見她從沒有看過的報表，那是假麵粉三年來的紀錄。

她只需要這個。

在老闆進到辦公室之前，海蒂輕輕把隨身碟放進辦公桌的抽屜。

一切安靜得就像颱風眼中的風和日麗，而這也是一場大風暴的開場序幕。

⅄⅄⅄

瓦多夫先生從停車場抽完菸，帶著他從車裡拿的檔案夾上樓回辦公室。他只看見海蒂在座位上對著電腦打字，而其他的員工都去吃午飯了。

他逕自走回自己的辦公室，然後坐下，把電腦檔案夾裡的文件逐頁列印了出來。

他知道必須消滅一切可能的證據。今天早上與妻子的談判破裂了，他得趕緊將一切不利的紀錄銷毀，這些文件紀錄絕不能外流，他決定不認罪。

瓦多夫先生在這方面是個很謹慎的人，他從小就擅於掩飾自己的過錯。而且在必要時，可以放棄一些原則，以便得到自己想要得到的東西。比如他在三個兄弟間，順利取得了家族麵包工廠的唯一繼承權，而且更完美的將兩個兄弟排除在一切繼承權之外。他內心一直很得意這樣的結果，只是也很小心的不要外露這份得意，以免觸怒了兩位對經營事業沒有太大興趣的手足。

瓦多夫先生盡可能滿足兄弟們在生活上的供給需求，更要求父親在遺囑中要多給兄弟們一些現金或是可變現的地產。這樣的大度大量，讓家族對瓦多夫先生稱讚不已。他也從不拒絕家族的聚會邀請，用盡全力成為家族中受歡迎的一員。就連婚姻，也都由家族替他促成了家有小麥田產的完美妻子，他真的是在第一時間就答應了這門親事，對自己的妻子也是毫無挑剔。他認為人生的完美就是這樣，不要想得太複雜，能得到的就絕不客氣的擁有。不懂掠奪讓機會從眼前飄過，那才是失敗。

只是人隨著年歲增長，再回首自己的人生時，瓦多夫先生驚覺從未為自己真正活過。一切的心計謀略，不過就是延續家裡三代已成的事業，不管再成功，都不是自己創造的。

他想要有一點來自自己的創舉，不管是人生或事業上的，他想要自己和前人有不一樣的發展。

這種從未有過的青少年期反抗心態，直到看見日漸成長的莎夏時，才有了一個雛形。他明知不可為，但莎夏的身世和成熟的身體，完全征服了他的理性判斷。就在一次瓦多夫太太和兩個兒子一起到國外度長假，與已經在公司上班的莎夏獨處家中的時刻，兩個人壓抑已久的情愫就這麼爆發開來，成為了兩人愛得不可開交的祕密……

瓦多夫先生答應了莎夏想要成立盧安達慈善基金會的想法，也鼓勵不知真相的妻子一起參加。只是眼看就要成功的計畫，為什麼會有人突然向妻子告密？他實在想不通這麼縝密的計畫是怎麼洩漏出去的？

他今早立即和麵粉廠的老闆討論此事，麵粉廠老闆坦承最近有一件事可能是導火線。原來有位替他們到東歐載運麵粉的貨車司機，因為超速，在邊界被波蘭警察攔下來，波蘭警察還把貨車上的貨物內容通知了德國警方。

這是瓦多夫先生對著電話大發光火的原因。這簡直就是破壞計畫的一顆老鼠屎！這樣子德國警方如果一查貨物編號，就有可能知道這是非法的麵粉！這真是太危險的錯誤了！瓦多夫先生真的無法壓抑聽見這消息時的怒火，他希望麵粉廠老闆要更小心應對任何狀況。

麵粉廠老闆說，目前並沒有任何來自警方追查的跡象，有的只是一張超速罰單。況且這位司機是臨時雇員，已經在超速事件後離職，而司機也不知道自己載的麵粉是非法的貨物，之後應該沒有什麼問題。

瓦多夫先生還是對這個在波蘭發生的貨車超速事件，感到相當不安。

他決定今天就把所有非法麵粉的資料全數刪除。列印出來的文件，將會存在銀行的保險箱中，他同時也要求麵粉廠老闆把相關資料全部銷毀。這麼做，至少在自己妻子這邊，不會被發現任何不法的證據。

他想這樣或許可以暫時平息妻子的認罪逼迫？也或許妻子背後的那個告密藏鏡人，是在試試他的反應？他希望即將成立基金會的事，不會因此功虧一簣。

列印完畢，瓦多夫先生檢查了一下文件的頁數。一切正確，沒有漏印。

他深呼吸了一口氣，將文件檔刪除。拔掉電腦插頭，拿起電腦主機，離開辦公室，準備把電腦主機砸毀後丟棄。

瓦多夫先生走出辦公室時，大家都已經下班了。看到空無一人的辦公室，他才想起剛剛海蒂進來說頭疼想先請假回家。

他感到一陣輕鬆，一切都會沒事，證據將在今晚消失。

瓦多夫先生一手抱著電腦主機，一手關上辦公室的門。他認為距離自己創建的成功很近，新的開始就要來臨。

也就幾乎在同一刻，海蒂在家中把隨身碟插入電腦，開啟。瓦多夫先生以為已經消失的非法證據，一頁頁完整的出現在海蒂的家用電腦銀幕上，這些紀錄讓海蒂的額頭冒出生氣的青筋。

就在她看檔案內容出神時，突然被響起的手機鈴聲嚇到。

海蒂接起電話，當對方報出自己的身分時，讓海蒂有如坐在一個砲聲隆隆的戰場中央，被砲火震聾的聽覺，只有嗡嗡嗡的悶響……當海蒂聽完對方的陳述，感到像縱身躍入危險的龍捲風裡，命運的風暴將她帶離了生命的軌道，此生再也不能回頭。

打電話來的，是警察。

警方收到檢察官的案件協同處理請求，向海蒂說明檢調單位的辦案經過和目前狀況。簡而言之，瓦多夫先生的非法行為，早已經被檢調追蹤調查了。德國警方也根據波蘭邊界警察提供的線索，找到了貨車司機，司機將瓦多夫麵包公司在東歐取貨收貨的運送資料，提供給德國的檢調單位。只要有證據文件，瓦多夫先生就得老實承認所有非法行為。

然而，不只這樣。

檢察官也告訴海蒂另一件驚人之事，那便是：

他們正在追蹤柏林一宗跨國化學毒物的供給組織，這個危險的生化毒物製造源頭已經在德國有許多匿名的買主，其中不乏高官名人。在許多已知的購買者名單中，警方追查到莎夏的名字。也就是說，莎夏是毒物的購買者，只是莎夏購買這些二戰時拿來毒殺反對希特勒者的重金屬毒粉的用途不明。

海蒂聽到這裡簡直快瘋了！可惡的巫婆莎夏，買毒粉是要做什麼呢？她突然想起莎夏每天自己手工烘焙的麵包，三年來每天早上給老闆娘送上的現烤麵包！海蒂腦海中閃過這一幕幕看似溫暖的情景，老闆娘愉悅的吃完每一天莎夏送來麵包的笑容，又同時想到老闆娘這幾年的莫名疲倦、發燒、突來的心悸暈眩，還有醫生檢查不出來的貧血……這些恐怖的連結，開始讓海蒂微微發抖，她甚至聽見自己因為心驚，牙齒發出喀喀喀的打顫聲。

「我們一直監聽著毒物組織和相關聯絡的電話，也逮捕了其中一位與莎夏直接聯絡的人。」警方開始解釋，檢察官想要與海蒂談協商的條件。

「請您相信我與這些人事物完全無關！我不知道我能幫檢察官什麼忙？」海蒂已經接近崩潰邊緣。

「我了解。只是我們在監聽這個組織聯絡人木斯其尼的通聯紀錄時，發現莎夏在昨天早上傳簡訊要求他奪取您的性命。我們在莎夏的電話簿中找到了您。」警方說出了讓海蒂冒出冷汗的話。

第二天，海蒂與警方見了面。

海蒂這才明白了為什麼莎夏會有那樣異常冷靜的反應。莎夏要把海蒂除掉，因為她知道了不該知道的祕密。海蒂心裡這種深層的懼怕是她從未感受過的，她已經搞不清楚這是真實還是夢境，她想大叫宣洩壓力，但還是得先聽警察把話說完。

因為販毒者木斯其尼要求警方，要絕對可以保證他的人身安全，才願意交出德國境內的匿名購買者名單。於是，檢察官和他交換的條件，就是木斯其尼依莎夏的請求，到北德假裝去殺害出差的海蒂，而木斯其尼也會被前來的警方假裝格斃。海蒂如果願意提供瓦多夫先生的犯罪證據文件，她會得到一個新的身分，這樣就不會受到東歐非法食品黑道集團的報復。

海蒂眼睛眨也不眨的聽著警察的解說，她半句話都說不出來。她的眼睛因為害怕直視過久都乾涸了，但她還是睜著，直到疲透的眼珠留下淚來。

海蒂考慮了一晚，決定交出證據隨身碟，配合演出。

第四章　刺殺行動上演

莎夏晚上一個人在瓦多夫的豪宅中，倒了杯紅酒。她看看房子的周遭是那麼的奢華又舒適。她望著院子裡有著光雕的草坪出神，她認為自己很幸運可以被拯救。只是她的愛，一直被童年盤據的恐懼所禁錮著，她幾乎無法相信任何一個人可以給她足夠的愛。莎夏談過幾場戀愛，總因為那深深的不安全感，導至激烈爭吵以致分手。還沒睡著的瓦多夫先生總是在她深夜回到家時，給她一個最溫柔的擁抱。莎夏似乎期待著這個每一回失戀時的安慰擁抱，她簡直著迷於瓦多夫先生給她的那介於家人和曖昧情人間的安慰。

然而，這份可以讓莎夏得到最溫柔感動的擁抱，總是會被過於關心的瓦多夫太太所打斷。瓦多夫太太不明白為什麼莎夏並不需要她的寬慰，因為那意味著她得離開瓦多夫先生的胸懷，而讓瓦多夫太太繼續對她進行囉唆的嘘寒問暖。

莎夏很希望，而且非常希望，有一天瓦多夫太太不會再從房間出來關心她。這樣她就可以在瓦多夫先生的懷裡待久一點，她好喜歡瓦多夫先生身體傳來的溫度。

莎夏拿出手機，給木斯其尼寫了簡訊。她希望木斯其尼幫她把海蒂「帶去跟我們的親人見面吧」，她知道木斯其尼絕對會幫她，也只有木斯其尼懂她的意思。莎夏將海蒂出差的行程傳給他，木斯其尼回覆：「ＯＫ。」

莎夏寬心的笑了。這是自從她幸運存活以來，最開心的笑容。

莎夏注視著手中的紅酒杯，那深紅色的汁液，讓她記起了那晚的所有事：

他們進入村子殺人時，是無聲的。

村民都在熟睡，他們就持開山刀安靜的來到你身邊了。他們殺戮，並不是因為自衛或保住生命。他們只是相信並接受了傳播仇恨者狠毒的意識形態，要把非我族類者一網打盡。

是非我「族」類必殺的概念。

胡圖大屠殺在一百天內，大舉殺死了八十萬圖西族人。幾乎沒有人可以逃過這樣的恨意殺戮。莎夏到底是被誰從睡夢中抱起，然後塞入腐朽牲畜水槽底下躲藏的，她其實完全不記得了，莎夏寧願相信那是爸爸。只是，當時大家因為懼怕胡圖族的恐怖屠殺到來，夜晚都聚集在一處睡覺，互相幫助警戒。

然而怎樣的防備都是徒然。

村民沒有人知道胡圖族軍人當晚早已在村子周圍埋伏，這個圖西族的小村莊即將遭遇滅村的命運。

包圍小村莊且人數眾多的胡圖族人，美其名為軍隊，其實只是受到操弄的殺人犯，並沒有任何紀律的烏合之眾，連武器也多半是原始的老舊刀具或是不靈光且常卡彈的生鏽槍枝。

胡圖族受到盧安達各種媒體及報刊所傳達的恨，高漲到無以復加的地步。因為仇恨，可以讓一切掠奪生命的凶殘行為都成為了合理行動。

「別讓圖西人死後的靈魂找到你！挖出他們的眼珠吧！」一位無良知的胡圖族電臺DJ這麼煽動著喊話。

那一晚，小小的莎夏睜著她大大的眼睛，在腐朽的木水槽下，顫抖著不敢發出任何聲音，她靜靜的看見這些殺人犯用開山刀挖出了家人和族人的眼珠……

幸運被救且被瓦多夫夫婦領養的莎夏，雖然逃過了殺戮，卻在心底留下了那一晚永遠無法抹滅的景象。她親眼所見的巨大凶殘，就像是她用眼睛吞進心中卻無法消化的暗黑石塊，這些隕石在她個人的宇宙中環繞運行。她在睡夢中尖叫醒來，又在醒著時落入睡夢般的恐怖想像。

沒有人能理解這種恐怖。即使瓦多夫夫婦悉心的呵護，也曾帶她接受心靈創傷治療，都無法緩解她的心靈之痛。她甚至有一次在和心理師對談時，差點被心理師心理學上引經據典的話給逗笑了。她想，那些寫書的醫生或教授，一定沒有辦法了解百天之內的胡圖大屠殺所帶來的深層驚悚。那種恐怖，已經超過了所有的研究，莎夏心所受的傷害，是沒有辦法復原的。

直到她在高中會考通過後，與同學到柏林旅行，遇到木斯其尼時，心裡的傷才得到了一些些緩解。

木斯其尼與她同樣是來自盧安達，一樣是大屠殺時幸運生還的孤兒。這兩人一見如故，因為他們的經歷相同，可以深深彼此了解沒有人可以體會的恐懼。

只是木斯其尼沒有莎夏幸運，他從法國的難民收容所來到德國時因為年紀較大，只能到寄養家庭生活。更不幸的是德國寄養家庭的父母有酗酒的傾向，只是為了寄養費才讓木斯其尼和他們一起生活。木斯其尼看盡了寄養父母的兩面手法，只要社工一走，他們就會對他咒罵，要木斯其尼為他們做東做西。木斯其尼看清了這對夫妻，他們只是把他當成一個奴隸而已。

木斯其尼逃家、鬧事、進了青少年輔導機構。之後，他在一間夜店找到了清掃廚房的工作，然後認識了販賣毒粉的組織，成為了他們的一員。

莎夏對這些都很清楚，他們無話不談。莎夏也從不告訴木斯其尼自己的人生該怎麼走，因為相較自己的幸運，她總是對木斯其尼有著莫名的愧疚。他們就像兄妹一樣，心靈受傷時，會彼此傾聽，雖然沒有言明，但心裡都知道，他們會以家人的情感一直支持著對方，無論如何，他們會為彼此以圖西族人那樣的同族盟約赴湯蹈火。

於是當莎夏愛上老闆，也就是和自己的養父展開戀情後，慌亂的向木斯其尼泣訴生命的無奈。木斯其尼此時已是毒物組織重要的一個聯絡人，他要替莎夏的心找到實際解脫的方法。他提供給莎夏重金屬毒物，並教給莎夏要如何才能讓瓦多夫先生完全屬於她的方法。

這兩個已經失去所有的人，說服了彼此，他們只是想抓住自己想找到的真愛。愛，不是世界上最重要的嗎？

莎夏帶著對愛錯誤的認知，開始為瓦多夫太太每天烘焙新鮮的毒粉麵包。

莎夏的童年遭遇，是害怕不知何時會被人奪去性命。而海蒂，卻是明白知道自己會在何時從這個世界上被消失。

莎夏喝了一口酒，她品嘗著紅酒香醇的滋味。如今她擁有了瓦多夫先生，真實的感受到了幸福，莎夏真心以為做的所有事，都是因為愛。

為了愛，莎夏用了她的方式去詮釋和奪得；而另一邊的海蒂，已經搞不清楚到底什麼是愛了。

⅄ ⅄ ⅄

海蒂的世界徹底崩潰，本以為的相愛，卻是背叛；本以為的忠誠，卻是矇騙。而自己呢？卻即將要狠心的與自己告別。海蒂對愛的認知結構，已經從不忠的男友們到此刻的人生抉擇而一片片的瓦解了。這個世界怎麼會變成這樣呢？還是這世界本來就是這樣，只是自己誤解很久了呢？

雖然即將發生的，只是一場安排好的秀，但是這場另類秀結束之後，海蒂也等於要和自己的前半生告別。

是的，徹底的告別。

檢察官和警方一再提醒此事是最高機密，因為德國的記者向來探究真相不遺餘力，可不是好惹的。尤其是交換條件讓犯案者減輕刑責這類的事，最能吸引起對司法正義有極高要求的社會目光。如果這安排消息走漏，不僅無法保護提供線索的證人，更會讓即將循線逮人的警方，眼睜睜看著罪犯們聞聲逃之夭夭。

海蒂內心倒是沒有這些裝模作樣的正義大包袱，這個社會變成怎樣她根本興趣缺缺。警方抓到了瓦多夫先生更是她生命中一個不好的經歷，她本來有權利拒絕演出這場由檢察官導演的證人保護秀，而答應配合是因為對良善的瓦多夫太太的回饋，如果沒有老闆娘的溫暖，她絕對無法撐過在不良父母羽翼下破碎家庭的成長經歷。

海蒂想起了從前，老闆娘總是會在她傷心時逗她開心，這是父母從未對她付出的溫暖。爸爸總是醉醺醺的，媽媽總滿腹牢騷，直到被送去精神療養中心為止。阿嬤雖然嘴碎八卦，卻是她唯一的依靠。老闆娘總會體察到她的不開心，感覺她才是真正的媽媽，海蒂多希望能成為她的女兒！只是他們領養了莎夏，就因為莎夏沒有半個親人。

再去回憶這些都於事無補，決定的事就要開始了。

海蒂被告知不能更動任何家中的物品，這場實境秀要真實到像她根本不知道即將發生的事。

海蒂站在自家廚房的窗前，看著屋外的兒童遊樂區，想著自己曾是問題家庭的孩子，老闆娘接她下課、做點心給她吃、聽她分享心事。在高中畢業的照片裡，來參加典禮的不是父母，而是瓦多夫夫婦，贊助她上大學的也是老闆娘。海蒂回想這前半生的精采，都是老闆娘給予的祝福，為了這緣故，她願意將這前半生的一切，當做送給老闆娘的回報。

她準備明天先到公司跟老闆娘道別，瓦多夫太太只知道海蒂是代表公司到北德出差。海蒂希望老闆娘永遠身體健康，可是她無法證實莎夏的麵包中有毒，警方也尚未確定莎夏是否有下毒，瓦多夫太太身體的不適，也無法證明和下毒有連帶關係。但是海蒂決定直接告知老闆娘得小心莎夏所提供的食物，希望還來得及。

海蒂環顧自己小小的公寓。後天她就要永遠離開這裡，和這個叫做海蒂的人完整切割。她開始覺得很滑稽，活著看到自己死訊的感覺一定很荒謬吧？

她把事情前前後後想清楚了，對做了這樣的決定感到平靜心安。她從衣櫃拿出一個紅色的手提包，這個薄牛皮的手提包是在被男友劈腿分手後，獨自一人到威尼斯旅行時買的。那間牛皮包的手工小店鋪就在嘆息橋附近，她落寞的心情被專注製作牛皮包的師傅給療癒了。義大利老師傅一定感受到了海蒂單獨旅行的心事，他跟海蒂說紅色的手提包可以招來好心情，並帶來幸運。

海蒂把隨身碟和錄下莎夏和老闆的影像，放進這個好運提包中。她想將這兩項證物交給弟弟，但不能被警方看見。那要如何交給弟弟呢？這計畫她得好好的想一想。

第二天，她很晚才進公司。

她看見瓦多夫太太早已用過莎夏的愛心早餐。瓦多夫夫婦似乎正在討論什麼，看起來好像什麼事都沒發生，完全一派心平氣和。海蒂猜想老闆娘大概被老闆說服了，老闆自以為銷毀了所有的證據，一切都搞定了。

「準備好去出差了？」瓦多夫太太從辦公室出來看到海蒂時笑著說。

「嗯。」海蒂尷尬且苦澀的笑了笑。

「妳身體還好嗎？」海蒂打探性的問。海蒂多麼想跟老闆娘多說一些話，可是她不能透露半點有關行動的訊息，要憋住這個祕密讓人心慌。

「醫生說可能是更年期的症狀，還有家族先天性的……」老闆娘話還沒說完，突然皺著眉，捂著胸口很痛苦的表情。

「啊！妳怎麼了！」海蒂跳起來扶住老闆娘。

老闆在辦公室見狀也急忙跑過來，整個辦公室陷入一團慌亂。救護車來了。

海蒂在老闆娘被抬入救護車關上門離開的那一刻，痛哭失聲。

人人人

我嘴巴張得大大的，真的也快哭了！

因為我剛剛咬了一口海蒂，喔，不對，現在她的名字是「莎賓娜」，看著桌上烘焙的新鮮麵包，「啊！這會不會也有摻毒粉呀？」

「哈哈哈！」莎賓娜聽了我的話大笑。

「我可沒跟任何人結冤喔！不要嚇我！」我故意搞笑的說。

「我的麵包不僅無毒，而且是真正使用自家農場的有機麵粉喔！經歷了那麼可怕的事，我可不想重蹈覆轍。」莎賓娜搖搖頭感嘆的說。

「感覺妳好像『繼承』了老闆娘的生命，她好像真正才是妳的母親。看看妳現在做的所有的事，不就跟妳家老闆娘的成長過程一樣？」我突然有這樣的感覺。

「沒錯，真的如此。喔，我好懷念她……」莎賓娜感傷的說。

老闆娘在送醫後的當天下午，就因搶救無效而過世了，據說是心肌梗塞所造成的突發性死亡。

海蒂是在家裡接到老闆傳給公司每一個員工的簡訊而得知的。

當她得知這個不幸的消息時，全身發抖、驚慌失措，她的喉頭像是塞了一塊吞不下又吐不出的石塊那樣，感到呼吸困難。

海蒂陷入了極為混亂的思緒中，她甚至開始反悔和檢察官所協商假死秀的約定，因為老闆娘已經離開人世，她又何必淌入這灘混水中？在所有關聯的人裡面，唯一想報答的人只有老闆娘，沒了這位重要如母的人，海蒂即將要做的一切不是毫無意義嗎？

不，也不能說是完全沒有意義，至少這樣他們可以抓到莎夏，這個害死老闆娘的巫婆！海蒂越想越氣，她把有莎夏的照片全都撕爛，氣得不停大叫，直到鄰居敲牆壁抗議。

她在屋裡前後來回無意識的踱步，環抱著雙臂只覺得打從心底發寒，跑去用最熱的熱水沖澡卻還是感到牙齒在打顫。濕著頭髮胡亂的穿了件夾克，跑去路邊的販賣機買了一盒菸，當自動販售機找零的銅板慢一點才從機器掉出時，她甚至踹了機器一腳，這時才發現自己還穿著家用的軟脫鞋就跑到街上來了。

路人側目，海蒂邊倒退著走邊對著路人咆哮：

「你們這些笨蛋！你們只會評論別人！你們這些笨豬！你們不知道幫助別人！你們這些偽善者！」

她跑回家裡重重的甩上大門，背靠著門慢慢的滑坐在地上。她全身無力的爬到廚房，跪著伸手打開櫥櫃抽屜，摸到一盒用來點蠟燭的火柴，點了一支菸，抬頭吐了一口。

海蒂順著往上飄的香菸白霧扶著櫥櫃站起來，她朝廚房窗戶向外望去。兒童公共遊樂區的沙堆，有幾個小孩在玩著沙，旁邊長凳上坐著的是小孩的母親們。有幾位在聊天，有一個在逕自滑著手機。

海蒂想起了從前，老闆娘推著剛出生兒子的嬰兒車，到學校接她下課的情景。就算要照顧自己的小孩，瓦多夫太太卻還是沒有忘了照顧她。

這突如其來的回憶，會不會就是老闆娘給她的回答？做人要信守承諾，答應了就要真誠的去完成所答應的事，就像老闆娘一直善待她那樣，這就是在她成長期間，瓦多夫太太一直給她的身教。

當想通了這些，海蒂知道應該去完成答應檢察官的事。

然而這次海蒂學聰明了，因為完全不知道自己將會遭遇什麼樣的命運，她得有個備份，交給值得信任目前居住在瑞典的弟弟。這個備份，是萬一警方有所閃失時，保護自己的護身符。

但要怎麼交給弟弟，又不被警方發現呢？

海蒂深深吸了一口菸，卻差點嗆到，畢竟她已經戒菸很久了。

清了清喉嚨，捻滅了菸，望向放在玄關可以保命的好運紅色手提包。她拿出手機，給自己瑜伽班的同學H太太寫了一則簡訊。

⅄⅄⅄

「啊！原來如此！完全無法想像妳那短短幾天所經歷的事！」我感嘆的說。「如果是我，面對這種上下震盪起伏的過程，可能早已崩潰投降，跑去山裡躲起來自己失蹤了啦！」

「哈哈！我就知道，絕對不可以告訴妳這麼有壓力的事情。」莎賓娜笑著說。

「喂，喂，妳這麼了解我，居然還『利用』了我！真是太無良了！」我假裝抗議。

「可別這麼說呀，我當時只認為妳是我周遭唯一值得信任的人。而且，我也只能用這個方式把兩項證物的副本交給弟弟呀。」莎賓娜邊說邊給大家倒了杯葡萄酒。

我看了海蒂的弟弟約拿斯一眼，他報以一抹微笑。

「原來我被那麼多人設計了還不自知！」我嘟起嘴敲敲桌子抗議。

「哈哈！看起來好像很厲害，只是我去拿紅色手提包時，警方早就掌握了我出入境的行蹤啦。」海蒂的弟弟笑著說。

「對啊！」警察阿克瑟笑著說。「然後H太太就到警局來回答問題了……」他邊說邊抓了一把花生搭配葡萄酒喝，沒想到連這個週末幫忙阿嬤賣菜的警察阿克瑟，那時也把無辜的模樣演得那麼好。

「哇，真可怕！原來我一直在被掌控之中喔！兩年來一路被監看，現在補個害怕發抖會不會太晚了？哈哈……完完全全沒意識到自己被人跟蹤，我真的太遲鈍了。」

仔細想一想，我問了莎賓娜一個一直想問的問題：「妳本來說星期四要出差，為什麼星期三早上就出發了？這真的是我等了兩年才有機會問的問題。」

「哈哈哈！這是一個很棒的問題！」莎賓娜大笑。

「德國警察很注重工時，因為有不少警察星期六要休假，這件假謀殺事件得安排在星期五早上發生。如果我星期四才出發，那麼星期五就沒辦法安排那麼多配合的單位和人力，而且檢察官也要開始休假了，如果太晚執行，就會影響不少公職人員的度假計畫。所以，我被通知一定要在星期三晚上抵達，星期四一切就緒後，星期五早上才能配合演出呀。」莎賓娜解釋。

「而且星期五早上發生，星期六的報紙才可以加以炒作，整個週末大家都有時間看電視或看報紙，這樣的效果也才會好呀。」

聽了莎賓娜的話，真的可以感受到德國官僚文化的威力呀！一切都得按照組織規矩分層負責，依白紙黑字的紀錄行事。連這麼戲劇性的假謀殺行動的背後，也可以如此一絲不苟的照章行事，還真讓我大開眼界。

不過能這麼有效率也不錯，至少準備周全才好布局；布局完整，做事情才有效率啊。

搭上計程車後的海蒂，到底又是怎樣的心情呢？

我喝了一口好喝的白酒，準備繼續聆聽這場精采的證人保護行動。

⅄⅄⅄

海蒂那天是趁我在點麵包時，進到麵包店附設咖啡廳的女廁裡，把紅色的手提包放在洗手檯邊的。

也就是說，海蒂藉由與我這無關人士見面的機會，把證物留下，再通知弟弟來拿。

我這個笨蛋，居然也被設計配合演出，未免也太沒警覺性了吧？那天我只感到海蒂似乎有著滿腹說不出的心事，卻無法具體說出哪裡不對勁。

海蒂預約的計程車來了。其實，那計程車也是警方的人。海蒂根本就沒去搭火車，而是直接由這個偽裝的計程車載去了北德的事發現場。

所謂的事發現場，就是這場證人保護謀殺秀的那個城市。

海蒂入住的旅館座落在城中心的行人徒步區，而麵包店就在隔一條街外，那是瓦多夫麵包公司在北德的加盟店之一。因為是加盟店，由該店老闆決定是否要配合警方的這場秀，當然保密也是老闆的義務。

海蒂從旅館的窗戶可以直接看到麵包店。她明天將在這裡結束海蒂·舒曼的前半輩子二十八年的人生。她將在六點五十五分之前進入麵包店，接著六點五十八分時被突然闖入麵包店的木斯其尼殺害。

七點十五分之前，一切行動都要結束，告一個段落。不然因為特殊狀況要加班的警察一定會抱怨連天！

至於海蒂之後要去哪裡，會有什麼發展和往後的全新日子？她完全不知道也無法想像。

德國警方的三分鐘秀，會讓海蒂接下來的三年，甚至三十年，都變成了另一個樣子。

海蒂拿出手機，發了一則簡訊給弟弟：

「DS．B．K．RT」

海蒂和弟弟小時候常玩一個遊戲。他們只要知道放學時家裡沒人，就會在學校寫紙條通知彼此去哪裡見面。這樣不用說話，也不會讓其他同學發現他們不會馬上回家。海蒂寫下放學後和弟弟見面的地點，再去那邊會合，假裝在那裡是等爸爸媽媽購物或是喝咖啡，讓人不會起疑他們是未成年的小朋友在街上亂晃，這樣就免除了被路人或警察盤查的機會。

海蒂與弟弟一直保持著這個只有兩人知道的祕密與習慣。只需短短幾個字，彼此就知道對方想要表達什麼情況。就像有一次，八歲的海蒂放學後帶著六歲的弟弟在市中心閒逛，海蒂眼尖看見弟弟的老師正朝她們走過來。她心想糟了！老師如果發現他們沒有回家也沒有父母監護，一定會很麻煩！海蒂立即拿出紙條，寫下：

「K．3S．K．L！」

她鎮定的走到在不遠處正在看著街頭藝人表演的弟弟身邊，丟下紙條後就趕快閃開。這樣做，可以不讓別人看出他們是在閒逛的姐弟。

弟弟打開紙條，立即就明白了海蒂的密碼：

「Kaufhof（百貨公司）．3S（三樓）．K（廁所）．L（跑）！」

整句的翻譯：「在百貨公司三樓的廁所會合，跑！」

這個海蒂密碼遊戲，是姐弟倆熟悉的成長經驗。所以，當約拿斯接到海蒂再之前的那則簡訊時，馬上就知道姐姐的狀況。海蒂的簡訊是：

「P．Pr．Re．15／04」（和警察有關的問題．救我．四月十五日）

但是這則簡訊有時間卻沒有地點，弟弟只能等待海蒂再傳給他。

海蒂按下傳送鍵，簡訊就是證物的地點：

「DS．B．K．RT」（D城．麵包店．廁所．紅色手提包）

弟弟現在知道去何處拿證物了，即將被謀殺的海蒂，傳出了保命的德文密碼……

海蒂沒有告訴弟弟保護證人秀的事，她心疼弟弟如果看到新聞一定會傷心，但也沒有辦法，事到如今只能且戰且走。當然，警方早就監看了海蒂手機和電子通訊的內容，當他們發現這個怪異的簡訊內容時，就掌握了收訊者的資料。警方發現那是海蒂的弟弟，並在弟弟去取證物時，將他請去警察局解釋了怪異密碼的內容。

海蒂不知道這些後續的發展，她必須準備明早的秀。她給公司同事傳了一則已經抵達北德的電子郵件，也把出差的內容行程大致交待了一遍。

她要把一切行動，演繹得像是理所當然的平常一般。

海蒂吃了半顆安眠藥，因為她很怕今夜睡不著，又擔心明早起不來。她把鬧鐘定好時間，關燈。

只是，誰知道一切看起來都安排得天衣無縫的謀殺秀，卻出現令人意想不到可怕的意外。

這場保護證人秀，是這麼安排的：

- 麵包店的販售人員是警察扮的。
- 麵包店四周的路人是便衣警察。
- 麵包店的四周架有車輛改道的立牌。

• 麵包店旁邊的街道暫時管制行人通行。

以上這些行動，檢警都必須事先向城市的秩序局申請，得到許可後才可以進行。所以，秩序局會發給一個有時間限制的許可證。也就是說，警方申請早上六點至十點間，會有這些道路使用需求，這樣城市秩序局才能進行他們的審核工作。當然申請時間一過，除非重大臨時狀況，警方得立即把臨時的限制解除。

⅄⅄⅄

六點鐘，一切準備就緒。

海蒂提著公事包，從隔街的旅館下樓，朝著麵包店的方向走，時間是六點三十五分。

她與街上的行人四目相接，感覺得出他們都是便衣警察。

海蒂感到自己的呼吸很急促，她在數分鐘之後將會經歷一場被殺害的秀。不斷的告訴自己這一切都是假的、假的、假的……當走到麵包店前時，她知道再也不能回頭。深呼吸了一口氣，走進了麵包店。

麵包店的對街也有便衣，他們拿著紙杯，假裝正在喝咖啡的路人。其中有一個瘦小平頭的中年男子，是這次警方行動主要策畫小組的警官，觀察著這一切即將開始的行動。事前他將附近住戶居民的進出習慣了解了一番，也就是說，平常麵包店開始營業的時間為早上七點十五分，所以行動會在七點前開始，就不會有一般的民眾突然闖進了現場。

可是，正當警察看著海蒂進入麵包店的同時，他們也看到麵包店旁一條窄巷子裡，突然走出了一位在地的大嬸！原來警方以為旁邊的巷子都沒人住，這麼不巧一位居民昨晚剛好回來住空著的舊居，今早下樓散步時，就從麵包店旁的巷子鑽了出來。

便衣警察這時大驚，面面相覷，完全沒料到這時居然走出一個不相干的路人！

大嬸看了看麵包店居然提早營業，滿心歡喜，帶著笑容也跟著海蒂的腳步，進入了麵包店。

大嬸對於鄰居的麵包店可說是非常熟悉，她感到今天店裡有些不同，麵包少了很多，而且店員她都不認識。大嬸每次回來這買麵包時，都喜歡跟店員八卦一圈城裡的閒話。她一臉困惑，怎麼店員是個陌生面孔？如果換店員，她一定會知道的，這實在太奇怪了。

「早安！」店員故作鎮靜的對先進來的海蒂說。她邊說邊快速看了一下店外同事對突然出現大嬸的反應。

店外的警察全都緊張得眼神發直，策畫組長甚至把手中的咖啡紙杯，用力的丟進垃圾桶表示不滿。

這個時刻，只能安靜行事，隨機應變。只求大嬸不要添亂，阻礙了行動。

組長立即用對講機通知麵包店中的同事，趕快把大嬸打發走。一位女警立即穿上麵包店的圍裙，走出來想趕快讓大嬸買完麵包離開。

六點五十一分，行動將在四分鐘後開始。

「早啊！我可以為您服務嗎？」另一個補上的女警對大嬸說。

大嬸看看這位工作人員，也是不認識的，這就令她更好奇了。大嬸沒辦法容忍自己那麼熟悉的麵包店員工今天全都不見了的事實，她決定好好的問個清楚，這到底是怎麼回事？

六點五十三分，大嬸開口說話了。

大嬸所關心的事，對一般人來說，都是八卦。

但令人感到煩惱的是，往往大嬸關心在意的這些八卦，都是我們生活中最基本不想讓別人知道，卻又最沒辦法消失或逃避的事。這些無關緊要的私人祕密，卻是大嬸們的最愛和生活的重心。

通常大嬸說出的話，任誰也不會有太大的興趣，只是在這緊要的關頭，大嬸就如同操縱著整個證人保護行動假秀的主角，每個參與人的焦點，都在這位與事件完全無關的大嬸身上！

「請問一下，慕勒太太不在這兒上班了嗎？」大嬸兒提出了心中的疑慮。

這時麵包店中兩位假扮員工的女警和海蒂，都冒出千頭萬緒說不清，也不想解釋的表情。

「啊，您不知道她們去參加員工旅遊，我們是來代班的。」一位女警馬上接話。

「喔！這倒是挺新鮮的，我從沒看過有人來代班，以前員工旅遊都是直接閉店不做生意啊。」大嬸繼續說。

「那您有空再問慕勒太太吧……我們也不清楚……」女警有些緊張的回話。

「妳為何這麼緊張呀？而且語氣這麼不友善……」大嬸馬上不甘示弱的回嘴。

在一旁的海蒂聽見這段對話，竟感到一陣溫暖！因為這口吻和反應，簡直就是跟自己愛講八卦的阿嬤一樣呀！以前聽到阿嬤講八卦都會火冒三丈的海蒂，這時突然笑了出來。

一定是天上的阿嬤派這位大嬸來的，阿嬤一定是怕自己的孫女在這個特殊的時刻感到孤單吧？阿嬤也知道海蒂從小最討厭的就是一個人承受恐懼，在害怕的時候一定會跑去抱著阿嬤，要不就是抱住弟弟。雖然阿嬤因為說海蒂的八卦，導致兩人關係緊張，然而就在這個時刻，海蒂突然感到，是阿嬤來陪伴她度過恐懼的。

海蒂轉頭對一旁即將發火的大嬸說：「大清早的您別生氣……」

大嬸一聽到海蒂的安慰，馬上就像得到同好支持那樣，正色的說：「妳知道嗎？慕勒太太是我孫女同學的媽媽，她不來上班我一定會知道的，所以我是擔心發生了什麼事……」

六點五十四分三十五秒。

女警望向麵包店對街小平頭的警官，他正在用耳機接收一則對話，他點點頭，看向麵包店中的女警。

箭在弦上，不得不發，小平頭警官向店內的女警點了點頭。

六點五十五分。

木斯其尼進入麵包店，用槍指著店員。海蒂面無表情的看著他，大嬸因為害怕跌倒尖叫。一陣混亂中，槍響、海蒂倒地、木斯其尼奪門而出……

接著就是警車的嗚笛聲，晨跑經過的人停下來看熱鬧，行人被攔下不准靠近麵包店，警方拉起了警戒線。大嬸，對，還有親愛的大嬸被救護人員扶到救護車上做檢查。她嚇得直發抖掩面哭泣，不斷的喊著太可怕了！

海蒂被抬上另一輛救護車的時候，記者已經趕到現場了。他們不停的用長鏡頭拍照，海蒂不敢動。

她身上有很多紅色的假血，她很想笑，但是不行，因為參與的每一個人都很認真。她又想到了大嬸，心裡感有些抱歉。

聽到這兒，我大笑了起來。

「哇！你們真該感謝這個來添亂的大嬸啦！她讓後續報導增添了許多真實性耶！」

沙賓娜也笑了。

「沒錯，她是真的完全不知情，而且還被請去當目擊證人，協助繪製木斯其尼的畫像。」莎賓娜笑著說。

「對啊！當時看到報紙上大嬸接受訪問的內容，她繪聲繪影的描述，真的超有戲劇效果啦！」那個時候只要看到有訪問大嬸的八卦雜誌，都會忍不住去買來看。大嬸也確實紅了一陣子，甚至對於德國移民問題還侃侃而談哩！只是這個八卦熱潮，隨著其他新聞的出現就慢慢的冷卻了下來。三個月後，海蒂的新聞就完全從媒體上失去了蹤影。

「那麼大嬸後來有從慕勒太太那兒得知什麼消息嗎？」我很好奇。

「當然不可能呀！那家麵包店已經在這之前就變更了營業地點，慕勒太太早被通知去新的店上班，這些都是事先安排好的。」莎賓娜解釋。

「哇，這家加盟麵包店的老闆還真配合。」我佩服的說。

「是嗎？」莎賓娜神祕的笑了。

故事說到這裡，夜已經深了，農莊原野上的氣溫沁涼如水。

人人人

我們移到室內，莎賓娜說她得去睡覺了。因為她必須在清晨三點起床去看顧牛群，目前有兩位農工大學的學生在這修實務學分，莎賓娜得教他們熟悉農場所有的設備和操作方法。

「哇，我也好想跟喔！」一聽到這麼有學習性的事情，我就開始陶醉了。

「哈哈，好啊！可是妳起得來嗎？」莎賓娜笑我。

我是出名的愛睡，德國人稱這種愛睡的人叫做「睡帽」。我猜應該是古早時候屋裡沒暖氣，冬天睡覺得戴頂帽子防風寒的關係吧？睡得多的人，當然睡帽戴的時數就比別人長啦！

「喔，好吧！因為今天我舟車勞頓，還是繼續當典型的模範睡帽人好了。」我吐吐舌說，然後跟大家道了晚安。

我的房間是在這個精緻大農莊的二樓，推開窗戶可以看見一片一望無際的草原，草原的後頭接到一片濃密的森林。莎賓娜先前指著樹林跟我說，有時野豬或是大麋鹿會跑出來散步。

莎賓娜幫我準備了一張很舒服的床，看起來應該一跳進去，馬上就可以進入甜甜的夢鄉……

其實從出發到現在聽了一晚的故事，真的很疲倦了，而且這故事如此高潮起伏，甚至還被自己也出現在故事中的這些情節嚇到！說真的，你如果是我，不會覺得很怪嗎？因為我什麼也沒有參與，卻被別人設計成全程參與。即使這樣，如果今天不是當事人告訴我，或許我永遠不會知道自己涉入了這些故事情節之中……我一邊刷牙，一邊回想這些細節，躺在床上時，又把許多情節慢慢的思考了一次，到底我在哪個情節出現？而且麵包店假謀殺秀之後，海蒂又跑去哪裡了呢？這期間莎夏又做了什麼？麵包老闆瓦多夫先生又面臨了什麼未來？好複雜呀！

就在我越想越想不透的時候，看見床旁邊的小茶几上，放著一個小相框。就近一看，照片中是一個大女生牽著一個小女生。大女生是金髮，盤得高高的，削瘦的臉蛋很有西方模特兒的架式。耳戴金色的耳環，淡粉色的口紅，塗著淺淡藍的眼影。她穿了件淺灰格束腰的及膝風衣，腳踩著一雙暗紅色的半筒靴，搭著小女孩肩膀細長纖手的無名指上，戴著一只深藍色的大水晶戒指。

仔細觀察這個大女生的品味，還真是個美人兒呀！這不會是相框附送的廣告照片吧？裡頭這一定是模特兒吧？

咦？可是……她牽著的小女生……等等！讓我再仔細瞧瞧，是海蒂！小小的海蒂穿著新衣新鞋，抱著一個入學時的錐狀糖果袋（德國小學入學的傳統），海蒂笑得好開心，那麼……這位美麗的模特兒是……

「哈囉，對不起！」莎賓娜敲了門進來。

「忘了拿浴巾給妳。」莎賓娜說。

我對她指指那個相框。

「哈哈，被妳發現啦！沒錯，那是老闆娘瓦多夫太太。」莎賓娜笑著說。

「哇！好美麗！」我驚嘆著。

「這是我唯一帶著的私人物件，我是靠著這張照片活下來的。」莎賓娜紅了眼眶。

「唉喲～～我可不能再聽故事了，真的好睏了……」

「反正我們還有時間可以聊，晚安囉！」莎賓娜道了晚安。

我關上燈就著月光，看著那張微光中若隱若現的老照片，發現相框下有一些手寫字，因為敵不過好奇心，我又爬起來開了床頭燈，把相框拿起來看，上面寫著：

「Liebe. Silke S. Heilung♡」（愛。絲爾克S‧海隆♡）

關了燈，原來老闆娘的娘家姓「海隆」。

我此時好像也得到什麼療癒般的神力，立即沉沉的進入了夢鄉。

第五章　真相的號角聲響起

當我再度醒來時，眼睛還是累得無法睜開，但聽到了一陣陣從未聽過的怪異聲響。

我聽到的絕對不是音樂，而是可怕的噪音！

隨即又想這是由哪一種樂器發出來的聲音？這個樂器的聲音可能比任何你聽過的五音不全演奏都恐怖！

我趴著睡，試圖用枕頭蓋住耳朵。可是那種上不上，下不下的走音，直接傳入腦部最敏感細微的神經，讓我完全無法再有睡意……

「滴……」高音上不去，而且馬上發出了岔音，接著低音「嘟……」也低不下去，「滴滴嘟……」能這樣完全走音也不容易呀！

被這地獄般難聽的演奏喚醒了聽覺，被迫慢慢的睜開眼睛，真是痛苦極了，這到底是什麼樂器呀！大清早從這麼安靜的農莊傳出來，沒有比這個更煞風景了！

「咦？停止了？太棒了！」我翻了個身，準備繼續再睡，沒想到居然就在此時，這個恐怖的走音旋律又再度響起，真讓人受不了！

一個翻身跳起來，走到窗邊，揉揉眼睛，咦？我看到農莊前庭的廣場上，是警察阿克瑟在吹號角，他女友站在一旁，拿了本小簿子跟阿克瑟一起練習吹奏。

「嘿！你們這是在幹嘛！」我推開窗子，用一種快哭的聲音。

「哈哈哈……我在吹獵人號角的起床號！原來這真的可以喚醒賴床的人！」阿克瑟從樓下對著我說。

「早安！我們都快喝到第二輪的咖啡囉！」他又開始吹起獵人號。

他女友大笑並對我搖搖手中的小簿子，「他要考獵人執照，練習不同獵人號角傳達的訊息。吹得很爛，對吧？剛剛他吹的是〈獵人起床號〉和〈野豬已死〉的旋律，我看是把妳吵醒的旋律，哈哈哈哈！」阿克瑟女友笑到眼淚都出來了。

「喂，是妳自薦要幫忙我練習的，怎麼可以取笑我！」阿克瑟抗議。

女友吐吐舌頭，表示抱歉：「好，那快練習！反正現在全農莊都被你吵醒了，哈哈！」

原來她要幫阿克瑟對譜，每種號角旋律皆代表著不同的訊息。

「哇！這樣叫人起床太可怕了！」我邊抱怨邊準備下樓吃早餐。

當我看到莎賓娜幫我準備的德式農莊農夫早餐時，就很哀怨的跟阿克瑟說怎麼不早一點吹號角啦！看著一桌子農莊最新鮮的雞蛋、剛出爐的麵包、最新鮮的牛奶、剛打出來的牛油，用農莊果樹的鮮果做成的各式果醬、新鮮起司、各種新鮮灌的香腸，還有鐵鍋料理！是農場馬鈴薯做的鐵鍋洋蔥煎洋芋，哇！這也太棒了吧！

警察的賣菜阿嬤看我起來了，就開始將鐵鍋加溫，煎蛋和馬鈴薯給我吃。我真的太陶醉了，這簡直就是天堂吧！

阿克瑟和女友聞到鐵鍋料理的香味，馬上忘了吹號角練習這件事，進房來準備再喝一次早餐咖啡。

我沒有看到莎賓娜和她的弟弟。賣菜阿嬤說莎賓娜和弟弟去農業展看牲口了，下午才會回來。我都忘了農莊是很忙碌的行業，清晨即起照顧動植物、清理犁田、收成、運送處理販售……都是大量且繁瑣的粗活，而我們只是來享受這些辛苦工作成果的遊客，根本不能想像經營農莊所需的體力、智力和運作所需的財力。

莎賓娜交代了到農莊實習的大學生，早餐後幫我們做農莊的導覽。

看到農業機具倉庫時，真的快被這些專業的採收機具嚇著，這些採收機又高又大，每個機器的輪子都可以裝進我整個人了吧？還有牲畜的排泄物處理，需要很大的廢水處理設備，透過專業農用的廢水管線，排入農業規範的處理中心。這些專業的管線，絕不可以外露或排放到露天的農田中，當然也不可以聞到惡臭。這是我以前沒有想到的農業處理工程，難怪德國牛豬羊這麼多，卻半點惡臭都聞不到！原來現代又科學化的農業運作，就是「水肥不落外人田」的概念呀？

再來就是果樹的管理，收成的機具都是按照果樹的種類來設計的，所以不會傷害果子的表面而影響賣相。還有就是讓果樹維持一定的高度，這樣可以讓果子養分集中，長得更好，也不會有過高採收不完全的問題。

這些專業知識真的很好玩，如果不是來這趟農莊之旅，一定沒辦法知道這麼多細節。

「哇！牛！」我看到在農莊草原上漫步吃草的牛，超級興奮。

「這幾隻是做秀牛。」導覽的大學生笑著說。

「他們會表演？」我不解的問。

「哈哈，不是！牠們什麼都不用做，只需漫步吃草就行了，這是很重要的農莊景色。」大學生解釋著說：「根據歐洲農莊旅遊的數據研究，旅遊業發現農莊有牛在漫步，訂房率會增加，有小孩子的家庭就更不用說了。」大學生很理性的分析著。

說得也沒錯，小朋友到農莊度假卻沒跟牛照相，這樣跟都市生活有啥不同？真是隔行如隔山，這些小細節都是各行各業的重要撇步。

把整個農場逛了一遍，已經過了午餐時間，是快接近下午茶的時間了。

我們吃的是賣菜阿嬤料理的午茶餐，當然又是農場的新鮮肉品和蔬果。飽餐一頓後，我們到前庭喝咖啡。望著廣大的草原和森林，就在這麼祥和的氣氛中，我問警察阿克瑟一個很煞風景的問題。

「你什麼時候要考獵人執照啊？」我真是哪壺不開提哪壺，「可是阿克瑟你號角訊息吹奏的這關……」

「有吹得這麼差喔？」阿克瑟不相信我會問這麼沒禮貌的問題。

「喔，對不起啦，只是替你擔心……哈哈哈……」我們都忍不住大笑。

「已經考過一次了，沒過。」阿克瑟承認。

「德國考獵人執照超難的，試題很嚴格。加上近年保護動物意識高漲，很多規則都是更新的法令，而他上班很忙，疏於練習。」阿克瑟的女友同情的說。

「我以為獵人會用獵槍就夠了，居然還要會吹獵人號角！這真的很難。」我是真心這麼認為。山林間有時手機不一定有訊號，萬一手機沒電了，更有不知如何通知其他獵人狀況，還是傳統的號角有用。也難怪即使德國有先進科技，還是保存了獵人號角吹奏的考試。

我們閒聊起來，話題轉到莎夏。

因為八卦報導對於莎夏毒害瓦多夫太太的部分總是亂七八糟的妄加猜測，而且幾年前事件剛發生時，檢察官也發出要開棺驗屍的消息。還記得莎夏被警方帶走的小報照片嗎？自那次警方帶走莎夏的行動後，瓦多夫先生也自此在媒體上沒有了任何接續的報導。

因為德國的個資法相當嚴格，所有相關案件細節媒體挖得越凶，各政府部門也就越沉默。案件經辦人可能誰都不想惹上個資外洩的麻煩吧？雖然媒體因此也就得到不少空間來製造一些誇大不實的消息，短時間內把瓦多夫太太之死臆測得沸沸揚揚。只是媒體挖到的不見得就是全部的真相，這個毒物謀殺事件的判決，我就從未看到媒體報導。

阿克瑟跟我說了後續的故事：

莎夏要木斯其尼殺害海蒂的事，被警方攔截了消息之後，為了換取更多殺人毒粉的供給源頭和德國境內的購買者名單，所以有了由檢察官所設計保護證人的麵包店謀殺秀行動。當然莎夏曾定期向木斯其尼拿毒粉的事情，一定要驗老闆娘的屍體才能確定是否為莎夏所為。必須確定老闆娘身體中確實有木斯其尼所提供的毒品殘留，這樣才能將莎夏定罪。

「妳猜猜看結果如何？」阿克瑟問我。

「確認老闆娘身體裡有毒物？」這是我一直以為正確的訊息。

「沒有，」阿克瑟搖搖頭：「瓦多夫太太經過開棺驗屍，身體裡沒有毒物殘留。她的家族有先天性心臟病的遺傳，所以是自然死亡的。」

「什麼！」我驚訝的叫出來。

「莎夏從木斯其尼拿到的毒粉其實是假的，只有莎夏以為是真的。」阿克瑟聳聳肩說。

「莎夏不知道？」這讓我更驚訝了。

「木斯其尼向檢察官和盤托出，他不想將莎夏變成殺人犯，所以一直欺騙了莎夏。

木斯其尼大概希望莎夏不會因此被判殺人罪吧？可是，莎夏還是要為教唆殺人這部分擔負刑責。」阿克瑟說。

「那木斯其尼呢？」我好奇的問。

「這我就不知道了。可能跟莎賓娜一樣有了新的名字和身分，不過還是得先把該服的刑期服完吧？在那之後誰也不會知道他去了哪裡……」阿克瑟搖搖頭說。

「莎夏呢？」阿克瑟聳聳肩，沒人知道。

「瓦多夫先生呢？」

「他罪證確鑿，走私劣質麵粉、做假帳冊，還有一些大大小小的官司……入監服刑啦。」阿克瑟說。

只是一個心念的偏差，瓦多夫先生的生命有了這樣的變化。

不知道莎夏在得知木斯其尼欺騙她的時候，會因此感謝他還是怨恨他呢？世間的事，真的不是我們可以完全掌控的，莎夏的命運真的很多舛。

人人人

太陽快下山時，我看見莎賓娜的車慢慢轉入農莊的大門。

可能在農莊走了很多路，剛剛才吃了午茶餐的我又餓了！賣菜阿嬤說今晚莎賓娜安排了一個驚喜之夜，但肚子咕嚕叫起的我只想吃好料，驚喜就免了吧？

警察阿克瑟和女友都回房梳洗裝扮，為晚宴做準備。

我也回到房間看看行程表，上面寫著：

「農莊第二日行程：

一〇：〇〇　參觀農莊

一四：〇〇　下午茶

一九：〇〇　穀倉晚宴（請著正式服裝）」

我出發之前就在想要準備什麼正式服裝啊？是像電視上那種晚宴要穿的衣服嗎？女生要穿那種拖地的長裙，而且要露背？咳咳……這會感冒吧？而且是在穀倉中舉辦的晚宴？今天參觀農場時有經過好幾個大穀倉，但都很陳舊，這樣的場合怎麼還需要穿正式的服裝呀？令人想不通……反正帶了一件黑色的小禮服外加披肩，這樣應該可以了吧？穿那麼正式多奇怪呀……

我把小禮服「拉」上身，是變胖了嗎？扭動身體扯上身之後，又用力的喬了一下胸部的線條，居然拉鍊拉過腰就卡住了！這件小禮服已經跟我征戰過很多所謂的正式場合了，沒想到我的身材居然有這麼大的變化？我深呼吸一口氣，硬把肚子縮進去，拉鍊最後很爭氣的被我全拉上了。摸摸小腹，應該餓到晚上七點就會消一點吧？

「準備好了嗎？」有人敲我房門，是莎賓娜。

我一開門，莎賓娜簡直就像電視裡的明星！一身露肩淺藍水鑽亮晶晶的晚禮服，外加白色水鑽大耳環，頭髮盤得高高的，妝化得很美，跟白天的女牛仔完全是兩個樣！

「哇！哇！哇！」我驚聲尖叫的稱讚，隨即心虛的低頭看了自己好像不怎麼華麗的禮服。

「如果準備好了，就一起走去穀倉吧？」莎賓娜問我。

「我這樣可以嗎？跟妳一比，我好像是去啤酒屋的打扮……」我搖搖頭嘆氣。

「沒問題！我是主人，妳是客人，我盛裝表示慎重，妳這樣很好！」莎賓娜善解人意的回答。

聽她這樣說鬆了口氣，拿著披肩，踏上淑女小高跟鞋，準備赴宴。

「肚子好餓呀！」我邊走邊說。

「那待會先吃點小點心，別餓著了。我們還得等其他客人，所以大約八點才能開飯。」莎賓娜說。

八點!?聽到真的快昏倒，要等到八點才能吃晚飯？這時真想去啤酒屋點些德國香腸來解解饞。

我們走過一小片草原，彎進一片樹林中。

樹林的盡頭隱隱有燈光。走進一看，是一座舊穀倉，不過已經翻新修過，建材看得出來是整理過的。

「請進！」莎賓娜推開穀倉重新整修過的大木門。

門一推開，我就傻了，因為看到復舊但低調奢華的景象，我的嘴巴因驚訝而張得好大！

桁木架成的高屋頂，原木的地板，四面牆上掛有大幅現代印象派畫風的畫作。穀倉中間有一個現代感十足的黑色鑄鐵玻璃大壁爐，壁爐四周是白色磚石砌的座位，上頭有阿拉伯風格的大紅刺繡坐墊。

在壁爐前方是一個長形的老原木餐桌，餐椅是同樣木質的雕花高椅背，配上牛皮原色的椅墊。地上鋪著長型的厚毛波斯地毯，使整個空間有著溫暖的視覺。

玄關處有一個五臂的水晶大吊燈，餐桌正上方有一個十二臂的超大水晶吊燈。餐桌上鋪了白色桌布，純銀餐具和酒杯也都布置好了。還有巨大的銀燭臺，上頭的蠟燭也已經點燃了。

我聞到烤麵包的香味。

「他們應該在廚房。」莎賓娜說。

裡面還有廚房！是準備晚餐的外燴廚師開始在做飯了。當我看到廚房時，更是驚聲尖叫，是普羅旺斯法式鄉下彩色瓷磚風格的大廚房。廚房中央大料理臺的上方，掛著各式各樣的料理銅鍋和湯勺瓢盆……我真是太陶醉了！被這樣的美麗穀倉震懾到，甚至忘了肚子很餓！

莎賓娜從廚房拿了小點心給我，是那種很精緻的手抓餐點。什麼料都少少的，害我只好像淑女似的細嚼慢嚥。

「這裡也太美了吧？這哪是穀倉呀！」我邊吃邊讚嘆。

「本來是破破爛爛的呀！我們花了半年的時間，才整修設計完成。」莎賓娜說。

想一想這種規格的復舊設計，要花多少錢才能完成？而且這些畫作看來都價值不菲，莎賓娜怎麼可能在兩年多的時間，就只靠著經營農莊賺到這麼多錢？

「可是我還是不懂，被假裝殺死之後，就可以變有錢嗎？」我終於問出白癡問題。

「哈哈，當然不是，也不可能！」莎賓娜大笑。

「我完全不懂……」我又拿了一個好吃的小點心。

「今天晚上就會把故事說完，主角也會現身。」莎賓娜神祕的說。

「咦？什麼？主角？」我更加迷惑了。

「滴滴滴滴～～～督督！滴滴滴～～滴滴～～督督～～」

嚇我一跳，這又是什麼？

屋外傳來了一陣號角聲。是阿克瑟？

這時真的看見阿克瑟拿著獵人號角和女友兩人盛裝走進穀倉。

「不可能！剛才那是你吹的號角？」我叫著。

「是啊，什麼意思？」阿克瑟問。

「完全沒走音耶！」我說。

「那當然呀！是獵人放飯的旋律，這個他練得最好了。」阿克瑟的女友揶揄的說。

「哈哈哈哈……」我忍不住大笑。

「既然吃飯號角已響，我們入座吧！」莎賓娜說。

「客人還沒到齊？」我數數餐具多了三副。

「沒錯，這幾位客人到達前，我要把剩下的故事說完。」莎賓娜在我們大家都入座後，舉起酒杯宣布。

我喝了一口極美味的葡萄酒，又吃了廚師送上來的熱薄餅，準備好開始聽故事。

「各位！首先感謝你們來到這兒，更感謝你們溫暖的幫助。」莎賓娜向賣菜阿嬤、警察阿克瑟和他女友、她的弟弟，還有我敬了酒。

我們也回敬了。

「在我們其他的客人到達之前，我想跟你們分享我這兩年半來的心路歷程。我猜應該不會有太多人有這樣的經歷。我非常幸運，人生可以有新的開始，你們也看到了我接續的人生現況。」莎賓娜感性的說。

我知道好聽的故事馬上要開始了，所以在導入正題前，超怕熱薄餅涼掉，這薄餅有碎牛肉和蝦夷蔥，也太好吃了，所以很機靈的趕緊又吃了一塊。

只不過薄餅雖讚，但接下來的故事，可真會讓人感傷得沒有胃口。

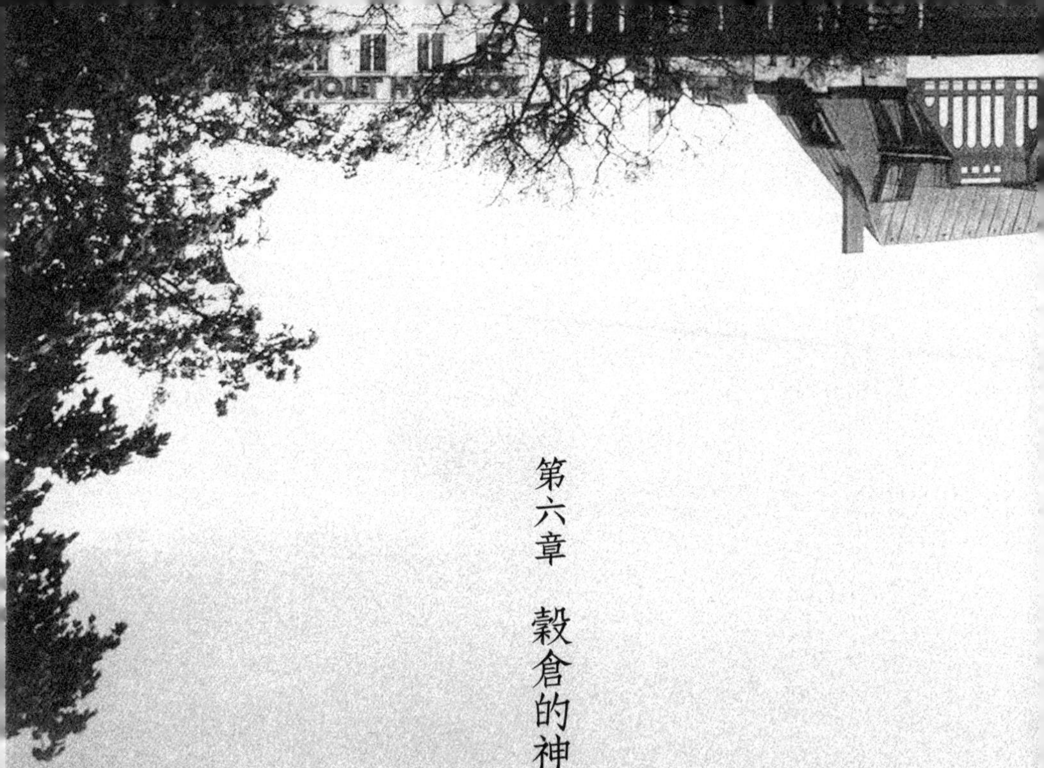

第六章　穀倉的神祕嘉賓

還記得海蒂那天晚上看見瓦多夫先生和莎夏在公司會議室幽會的場面吧？故事從這裡開始接續。

因為海蒂太過驚訝激動，於是她當天晚上就與瓦多夫太太聯絡。

那一天，當瓦多夫太太正要步入餐廳時，海蒂打來的電話響起。

瓦多夫太太邊走邊對打電話來的海蒂說：「我不在家呀！我今晚與朋友有飯局。」

「約瑟夫今晚要加班開會，聽說麵粉廠的人今天只有晚上七點以後才有空……」

海蒂那頭問什麼時候可以見面？

「明天可以嗎？早上？」瓦多夫太太結束了與海蒂的通話。

瓦多夫太太今晚訂的餐廳是她最喜愛也常去的一家。只是餐廳侍者很迷惑的看著訂位的名字：「海隆太太」。他們一直都稱她為瓦多夫太太，只是今晚，也只有今晚，她用自己少女時期娘家的姓「海隆」訂了位。

「瓦多夫，喔，對不起，海隆太太，您的客人已經到了。」穿著西裝有著花白頭髮的中年侍者恭敬的說。

「感謝。」瓦多夫太太回應。

瓦多夫太太坐了下來，左手搭著白布巾的侍者，替她鋪好餐巾。

「請給我一杯跟他一樣的紅酒。」瓦多夫太太對侍者說，侍者微笑點頭的走開。

「好久不見。」對坐的男士平和的說。

瓦多夫太太直視著他，沒有回答。她的眼神似乎在閱讀著對方的臉龐，就是那種欲語還休，欲言又止的表情。

「你好嗎？」「妳好嗎？」兩個人相視而笑，幾乎是同時問了一樣的話。

「唉，還是跟以前一樣，彼此搶話講。」瓦多夫太太微笑著說。

對坐的男士也笑了。

紅酒來了。瓦多夫太太拿起酒杯，看著男士。

「敬妳，親愛的絲爾克。」男士說。

「也敬你，理察。」瓦多夫太太回應。

沒錯，這位男士就是瓦多夫太太當年最想嫁的情人！

這位當初拋下癡情的瓦多夫太太離開的理察，為什麼會和瓦多夫太太見面呢？

先談談這位理察。他離開瓦多夫太太家的農莊之後，在學業上十分用功且拿到了農業博士的學位，接著又在這個領域繼續發展。他到美國的農業私人研究公司工作，發明了許多農業產經技術方面的專利，又運用這些專利，結合了工業製作，製造出許多農業技術相關的產品。事業越做越大，最後成立了資產雄厚的農業科技上市公司。他又轉回德國投資，開了很多家公司。而他的美籍太太，也是一位農業科技研究者，就這麼兩相配合下，擁有雄厚的財力，讓理察開始收購各地的食品公司。

直到他開始對瓦多夫麵包公司做些市場調查研究時，發現了瓦多夫太太，就是當初與他相戀的絲爾克．海隆！

理察因為這個驚訝的發現，開始打探瓦多夫公司的財務狀況，在不經意的調查過程中，發現了瓦多夫先生走私低品質麵粉的事。通常他會置之不理，甚至暗中等待財務出狀況的公司快要倒閉時去談判收購。然而，當他發現絲爾克就是老闆的太太時，他的友情良知讓他無法坐視不管。雖然他也一度考慮不要和絲爾克見面，因為擔心絲爾克也是這不法之事其中的一員。如果他介入，會讓絲爾克相當難堪。只是他又深深的認為他所認識的絲爾克是不可能這麼沒有道德感，所以他決定冒個失去老朋友的險，請求與絲爾克見面。

理察知道這是個需要非常謹慎應對的會面，尤其是在那麼許久之後。更何況他倆都算小有名氣的企業經營者。這樣的見面是否會引來閒言閒語或是商場上無謂的猜測？另外，如果絲爾克也是參與這不當計畫的人，這場多年後的重逢見面，應該會很不愉快吧？

但最終，理察還是決定打電話給絲爾克，問她願不願意見面。

當絲爾克聽到理察的聲音時，少女時代想愛卻期待落空的激動情緒，再度從心底升起。

依然在感情保有單純之心的絲爾克，完全只把這次見面當成是老朋友敘舊，沒有別的動機，所以馬上就答應了。只是，她不願用瓦多夫這個名字和理察見面，於是用自己出嫁前的姓氏在餐廳訂了位，她希望這次的見面，是用以前絲爾克·海隆這個名字，跟她曾經摯愛的舊情人，能有個正式的道別。

理察雖然建議由他來作東，但絲爾克拒絕了。當年是理察決定離開，這次絲爾克要拿回主動權。

兩人邊用餐邊敘舊了一番，接著理察試探性的說了一些他所知道假麵粉的事情。

「不可能！」絲爾克聽了理察說的事立即否認。

看到絲爾克的激烈反駁，理察確定絲爾克不知道，於是又多說了一些。

「你確定你的消息來源正確嗎？我先生不可能做這種非法又冒險的事！」絲爾克再度抗議的說。

這時理察只好說不僅他知道瓦多夫先生的事，也知道警方已經開始調查了。

「妳必須要和妳先生開誠布公的談談，這攸關瓦多夫公司的未來。」理察語重心長的奉勸絲爾克。

兩個人又聊了其他許多事。包含理察現在的家庭、妻女、公司和許多未來新的構想。

直到侍者都送走了最後一桌客人時，兩人才依依不捨的步出餐廳。

「請妳保重。」理察輕輕的與絲爾克碰頰道再見。

「你也保重，今天的見面很愉快。」絲爾克真心高興，理察多年後還是保持著紳士風度。

絲爾克帶著複雜的心情和理查在餐廳外道別。她對這次的會面雖然開心，但是也對理察提供的訊息感到煩心。甚至剛剛在聽理察說話時，懷疑理察是要來破壞她和先生間的感情。然而理察所講述的一切細節和內容，確實都符合目前公司的狀況。

絲爾克在回家的路上心情非常忐忑。因為等一下就會和約瑟夫見到面。該立即質問他嗎？反覆的整理思緒後，她決定不要太快問約瑟夫這些事，另一方面，要如何把理察的身分說清楚也需要時間。而且可能讓約瑟夫對於理察和自己的過往，增添了幾份疑心。她還是明天先到公司找到證據再說，以免這些來自理察的警告，變成了她和丈夫間無端傷害感情的爭執。

絲爾克回到家裡，約瑟夫已經睡了。

她悄悄的不把他吵醒。把和理察見面的過程又仔細回想了一遍，不知是要感謝理察還是要覺得失落？自己不是已經有了家庭和滿意的生活嗎？而今晚，那顆初戀未能發芽的種子，即使已經在歲月中枯萎了，怎麼還能讓她感受到那種少女之心的鮮綠和青春的風景呢？

絲爾克沉沉的睡去，她夢見自己走進一座七彩絢麗的美麗花園，她穿著白色的紗裙，高興的奔跑，開懷大笑……

絲爾克起了個大早，到公司去要開瓦多夫先生的電腦，卻發現密碼全部都換了，這才發現已經有多久沒有看過公司不對外公開的資料。

她打電話給還在家裡的先生詢問密碼，卻得到「等我到公司再說」的回答。瓦多夫太太非常震驚，難道理察說的一切都是真的？

絲爾克突然想到海蒂有全部麵粉相關的統計資料，於是傳了簡訊給海蒂，希望她能早點到公司。

事情後來的發展，我們都知道了。瓦多夫先生趕到公司，對太太所有的質疑當然一概否認。心虛的瓦多夫先生，不斷的詢問想知道是誰報如此無聊的料？而絲爾克則對前一晚和理察的會面完全不提，對此堅決保持沉默。

這讓瓦多夫先生更火大了！他一邊否認，一邊琢磨著到底誰能提供絲爾克這些訊息？會不會是跟絲爾克有親戚關係的麵粉廠老闆出賣了他？他想起有回麵粉廠老闆就因為非洲慈善基金會掛名的頭銜問題跟他起了點小爭執。又會不會是莎夏？可是，莎夏對於很多細節也是完全不知情的呀！

此時心煩氣躁的瓦多夫先生敷衍著絲爾克，說他一定會盡快整理出所有資料，也將在公司會議上公開透明的說明公司現狀，來證實自己的清白。他好言好語，希望絲爾克給他一些時間，同時也壓抑著怒氣，溫柔的勸說絲爾克不需為這些提不出證據的流言操煩。

善良的瓦多夫太太就這麼被說服了。她願意等待瓦多夫先生的說明會議。其實，瓦多夫太太也鬆了口氣，至少她暫時不必對約瑟夫說明誰是理察，她希望這個屬於她個人的小祕密能一直存在心底。

只是，當瓦多夫先生氣急敗壞的回到辦公室打電話給麵粉廠的老闆，聽到了運貨司機在邊界被邊界警察攔下貨車盤查的事。而且麵粉廠老闆還憂慮的表示，假麵粉的源頭公司威脅他絕不可交出相關資料，不然他們也握有讓瓦多夫麵包公司吃不了兜著走的證據。

⅄ ⅄ ⅄

故事聽到這裡，我感到非常唏噓。為什麼？海蒂在辦公室看到瓦多夫先生和莎夏的同時，瓦多夫太太正在和初戀情人見面！這對夫妻一邊是這樣，一邊是那樣，真的很傷感。可是你如果要問我「到底是哪樣」，或是這幾個人誰對誰錯，我也說不上來。因為我是這樣想：

如果瓦多夫先生和莎夏沒產生感情，他也不會承諾莎夏去成立什麼基金會，對吧？瓦多夫先生因為缺資金才會鋌而走險，用劣質麵粉來製作麵包，周轉資金以度過金流缺口。也因為這一時的走偏，引起警方的注意，也進而讓理察發現瓦多夫公司有些問題。但是故事如不這樣發展，絲爾克就沒機會和理察重逢！

整件事情就是如此，才越滾越複雜。

另外還有件我很想知道的事，於是忍不住再問一次：「海蒂妳在假死之後，就變得那麼富有喔？」

莎賓娜搖搖頭，她繼續說了故事的後半段。

海蒂在謀殺秀之後，被救護車載到了一個專門保護證人的住所，這兒的居民都是變更了原有的名字和個資的證人。這些重新得到新身分的人與那些失去證明文件的難民所不同之處，便是他們仍具有德國公民的一切權利，只是名字和整個身分資料都換掉了，一切屬於這些個人的過去都刪除了。

海蒂唯一帶在身邊的舊物，除了身上的衣服，就只有那張小學入學時和老闆娘的合照了。海蒂告訴檢察官，她希望新名字可以改成「莎賓娜」，因為那是老闆娘的中間名Sabine（此為基督教在入教受洗時，該名孩童教母或教父的名字）。經莎賓娜現在這麼一提，我突然想起了床頭小茶几上那張照片下方的名字：

Silke S. Heilung（絲爾克S．海隆。原來S就是Sabine的縮寫！）

海蒂的請求被允許了，所以她的新身分就成了「莎賓娜．夏爾」。她也喜歡夏爾這個新的姓氏，因為德文中是「聲音」的意思，海蒂希望可以延續老闆娘純真善良的心靈之聲。

這新的名字真有意義，也很美，不是嗎？

莎賓娜在等待新身分證件的期間，持續的關注瓦多夫麵包公司的最新消息。瓦多夫先生因為罪證確鑿得入獄服刑，公司申請破產，員工委託德國勞工工會控告瓦多夫麵包公司未履行勞工法合理的資遣勞工，就在案件要繼續進入各種法律程序之前，有一家史塔克農業生化科技集團，表示願意接收瓦多夫麵包公司所有的負債與資產。於是，史塔克集團就成了瓦多夫麵包公司的新主人。

莎賓娜對這個史塔克集團當然興趣十分濃厚，在做了一些了解後，莎賓娜發現原來史塔克集團的老闆，就是老闆娘的初戀情人：理察．史塔克！她太震驚了！她無法想像這單純是偶然嗎？這到底是怎麼回事？為什麼就這麼剛好會是理察呢？莎賓娜無法相信世界上會有如此巧合的事！

莎賓娜在企業徵才的廣告上，看到史塔克集團在徵瓦多夫麵包公司的員工。莎賓娜考慮了幾個晚上後，把履歷表寄去了史塔克集團。聰明的莎賓娜在履歷表上沒有用規定規格的照片，她頑皮的把老闆娘和她小學入學那天僅有的舊照片放大複印，貼在空白的履歷表上寄給了史塔克集團的老闆理察．史塔克先生。

「喂！這簡直就是勒索片的劇情啦！」我還沒聽完就叫了起來。

「原來還有這段遺漏的故事情節，我都不知道！」警察阿克瑟笑著說。

「你們別太嚴格了！我是新的身分，什麼資歷都是假的，新身分證件上的學歷是糕點師，可是我根本不會烘焙蛋糕，履歷表要怎麼寫？」莎賓娜笑了出來。

這真的是一個離奇的人生經驗，在假死之後，得到一個新的身分，而你必須用下半生去認識這個新身分的自己，我想莎賓娜一定是個很堅強的人才有辦法做到吧？而且，支撐的力量是來自老闆娘曾經對她無私的愛。

我猜就算老闆娘還在世，一定不會要莎賓娜去為老闆走偏的行為負責，然而就是這不求回報的愛，讓莎賓娜願意冒著失去過去一切的代價，來揭發老闆的不法之舉吧？

我比較好奇的是，莎賓娜這個看似有點無禮的求職履歷，會得到什麼回應？

理察·史塔克接到了莎賓娜的空白履歷，上面除了照片，只有一個名字：莎賓娜·夏爾和聯絡電話。

理察端詳了照片，立即認出了照片中的絲爾克。他想旁邊的小女孩會是她的女兒嗎？可是在理察的資料裡，絲爾克只有兩個兒子，和收養的女兒莎夏，所以這個金髮小女孩應該不是絲爾克的女兒。理察開始思索擁有這張照片的又是誰？為什麼會用這樣的方式求職？理察這樣的大企業家，開始懷疑是否為有心人來勒索。只是他前思後想，和絲爾克當年是純情之戀並無踰矩，內心十分坦蕩，就算是遇見了壞人，為了善良的絲爾克，他願意見見這位照片的持有人。

理察親自回覆了莎賓娜，請她到公司直接與他面試。當然莎賓娜此舉相當冒險，原因有二：

‧如果史塔克並非老闆娘的初戀情人，他有可能報警，那麼莎賓娜的新身分就會留下一筆騷擾的不良紀錄。

‧如果史塔克就是老闆娘的初戀情人，他會不會不想讓別人知道這些舊事？他有可能要求莎賓娜刪除所有的證明，那莎賓娜就很像勒索嫌疑犯了。

而且莎賓娜必須很謹慎的不可透露任何過去身分的細節，莎賓娜真是太大膽了！

⅄⅄⅄

莎賓娜依約前往面試。她一見到史塔克先生，便說那張照片是在家裡長輩的遺物中找到的，因為太想到史塔克集團謀職，才想出了這個有點過分的點子，並向史塔克先生鄭重的道歉。

她試探性的問史塔克先生是否認識絲爾克。

「啊，原來您曾見過瓦多夫太太？」史塔克先生開門見山的問莎賓娜。

莎賓娜一聽不禁對這位史塔克先生的豪邁坦蕩感到佩服，她暗想老闆娘確實有眼光，理察真是位有膽識的大企業家，這個誠懇的態度讓莎賓娜臣服。

「見過。我跟那位照片中的小女孩曾是情同姐妹的摯友。」莎賓娜不得不撒謊，她不能洩露自己舊身分的過去。

「曾是？」史塔克先生回問。

「嗯，但這位朋友不幸在兩年多前因意外過世了。」莎賓娜沉住氣說。

「啊，真遺憾，我看這小女生與您的面容有幾分相似。」史塔克先生說。

莎賓娜心裡一驚。史塔克先生的觀察力很強，她把髮色都改了，也在化妝上盡量有別於以前的自己，怎麼還是被認出來？而且照片還是孩童時期的她。

「哈哈，每個人都這麼說，只是她是金髮，我是棕髮。」莎賓娜故作輕鬆的回答。

「妳又從何而知我認識瓦多夫太太？」理察冷靜的來了個回馬槍問題。

聰明的莎賓娜，早就準備好最完美的答案，來回答這個很私人的問題：「史塔克先生，不瞞您說，我這位摯友是瓦多夫太太的大粉絲，每次都跟我說她長大就要像絲爾克一樣，成為一個又美又善良的人；我聽她說過瓦多夫太太曾有個初戀情人叫做理察・史塔克。我那天看到史塔克集團的徵人啟示，只是想來試試。我本來很怕您會報警……」莎賓娜說出真的有點擔心的事。

「嗯，真的差一點。」史塔克先生聽完莎賓娜的告白也笑了。

理察當天並未做出任何決定或承諾，他只感謝莎賓娜讓他又能見到自己老朋友瓦多夫太太的照片。

莎賓娜回家原本以為這事就這樣石沉大海，她為自己這種荒唐粗魯且冒險的求職方式感到羞愧懊惱。

然而，史塔克先生在兩星期之後聯絡了莎賓娜，只問她願不願意幫他管理剛買的農莊？他剛收購的一個大農莊，有一個舊穀倉等待復舊修建。因為舊穀倉是一個私人的過往回憶，或許找一位認識農莊舊主人的人來管理會不錯。

「啊！」我大叫出來。「不會吧？」

大家被我突然的尖聲怪叫嚇了一跳。

只有莎賓娜看著我微笑，她點了點頭。

「我確定絲爾克在天上，一定促使了史塔克先生做這個決定。因為本以為面試之後，他一定不會再想見到我。」莎賓娜笑著說。

「哇！這兒不會就是……」我又開始尖叫了。

「沒錯，這裡就是絲爾克・海隆長大的家，這個穀倉就是海隆小姐初戀的所在。」莎賓娜笑著說。

我聽著全身雞皮疙瘩都出來了，這也太巧了點！根本就是八點檔安排出來的劇情吧？可是我又不是演員，身邊的人也全都是最真實的普通人，這真的讓我腦袋一團混亂，不可置信！

「等到進入史塔克集團後，這當然也是我後來才聽說的，配合警方安排上演假謀殺秀的麵包加盟店老闆就是史塔克先生，所以那場秀才可以順利進行啊。」莎賓娜解釋。

「等一下！」我對莎賓娜的這一段故事喊停：「我可不可以合理懷疑，妳去應徵的時候，史塔克先生其實早就略知妳的身世？」

「有可能，不過這應該是個祕密，我們永遠不會去問對方。」莎賓娜回答。

「哇！真的是心機很深呀！那我還有一個問題……」我還想繼續問，卻被莎賓娜打斷。

「我知道妳要問什麼，當天的八卦大嬸真的是一個意外。添亂大嬸是自己出現的，她如假包換，是最後一刻突然蹦出來的角色。」

大家聽了都大笑，我真是太容易被人家猜透了呀。

「因為各位都是幫助過我的人，史塔克先生和他的家人也想和各位見見面。」莎賓娜看看錶。

「準時的史塔克先生到了。」聽到關車門的聲音，莎賓娜微笑著說。

走進穀倉的是風度翩翩的史塔克先生和她美麗的妻子，還有帥到破表的兒子。

我是多麼高興他們能在八點準時抵達，因為我肚子真的好餓呀！

在這個穀倉中度過的這個低調奢華的晚宴之夜，是我人生中再也無法複製貼上的獨特體驗。我從未吃過那麼好吃，農莊自養的大兔子排，也沒嘗過那麼優雅鮮嫩的烤雉雞。理察先生自己也是領有執照的獵人，他還傳授了阿克瑟考試的注意事項，祝福他考試能順利通過。

阿克瑟還在晚餐結束，史塔克先生他們一家人坐進車裡時，吹起了獵人號角「再見」的旋律。

我很激動，想到這故事的一切，忍不住落淚！

「唉喲！我可沒那麼傷感，因為他是我老闆，希望他別常來拜訪比較好，讓我很緊張耶！」莎賓娜搞笑的說。

可是我不會，也無法常來啊！想起回家之後就不能常吃到這麼鮮美的農場食物，不禁為自己掬了把同情淚。

我們所有人都被再三交待，對於莎賓娜過去的一切都不可以再提，更不可以問。所以大家只能默默的把這所有的祕密，全部吞到肚子裡帶回家收藏。連這次的農莊之旅也不可以透露太多細節。所以我也想請各位看過故事後，麻煩要幫忙保守這個祕密！這樣我才能繼續把更多好聽的故事分享給你。

後記

關於莎夏和瓦多夫先生當地八卦的傳言如下：

莎夏比瓦多夫先生先早出獄，他們還交往著，莎夏也跟瓦多夫先生表明會等他出獄後一起開始新生活。（只是我想不通：瓦多夫先生怎麼還會願意跟試圖謀殺自己老婆的人相愛？或許不是當事人，就不會懂吧？）

莎夏不知道好友木斯其尼的下落，她很想跟木斯其尼道謝。只是問遍許多相關的人都不知道木斯其尼在哪裡，他出獄了嗎？還在德國嗎？

幾年之後，莎夏在家中（她目前住在一個兩房一廳附廚房衛浴的小公寓裡，瓦多夫豪宅已轉賣）信箱接到一張自行投入的明信片，上頭只有一行字：

「親愛的美隆！最致命的毒是心中的恨，愛才是最終的解藥。願一切都好！」

莎夏看看沒有署名和地址的明信片，背面的圖片是坦尚尼亞，她知道這是木斯其尼給她的回答。因為在這世上，只有木斯其尼知道她叫美隆。

你可能會說，我怎麼知道這張明信片的事？喔，這裡可以先透露一些，因為莎夏現在在一家超商工作，而我剛好認識她的同事。至於是怎樣的八卦？那又是下一個故事的開章了，敬請耐心等待吧。

人物關係圖〈解答〉

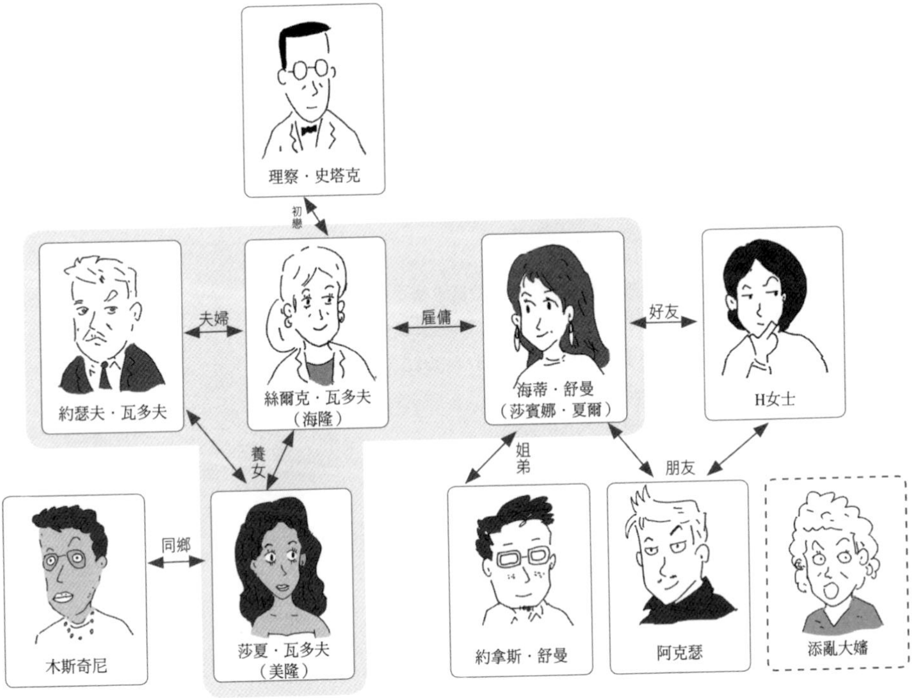
理察・史塔克
初戀
約瑟夫・瓦多夫
夫婦
絲爾克・瓦多夫
（海隆）
雇傭
海蒂・舒曼
（莎賓娜・夏爾）
好友
H女士
養女
姐弟
朋友
木斯奇尼
同鄉
莎夏・瓦多夫
（美隆）
約拿斯・舒曼
阿克瑟
添亂大嬸

國家圖書館出版品預行編目資料

愛的連鎖殺意／鄭華娟 著. -- 初版 -- 臺北市：
圓神，2019.01
176 面；14.8×20.8 公分 --（鄭華娟系列；028）
ISBN 978-986-133-674-9（平裝）

857.81　　107020389

Eurasian Publishing Group
圓神出版事業機構
用心與你對話．視野無限寬廣
圓神出版社
Eurasian Press

www.booklife.com.tw　　reader@mail.eurasian.com.tw

鄭華娟系列 028

愛的連鎖殺意

作　　者／鄭華娟
發 行 人／簡志忠
出 版 者／圓神出版社有限公司
地　　址／台北市南京東路四段50號6樓之1
電　　話／（02）2579-6600．2579-8800．2570-3939
傳　　真／（02）2579-0338．2577-3220．2570-3636
總 編 輯／陳秋月
主　　編／吳靜怡
責任編輯／林振宏
校　　對／林振宏．歐玫秀
美術編輯／李家宜
行銷企畫／詹怡慧．林雅雯
印務統籌／劉鳳剛．高榮祥
監　　印／高榮祥
排　　版／杜易蓉
經 銷 商／叩應股份有限公司
郵撥帳號／18707239
法律顧問／圓神出版事業機構法律顧問　蕭雄淋律師
印　　刷／祥峯印刷廠
2019年1月　初版

定價 260 元　　ISBN 978-986-133-674-9